Friedrich Dürrenmatt

**mit Selbstzeugnissen
und Bilddokumenten
dargestellt von
Heinrich Goertz**

bildmono **ro** **graphien**
ro
ro

Rowohlt

Dieser Band wurde eigens für «rowohlts monographien» geschrieben
Den Anhang besorgte der Autor
Herausgeber: Klaus Schröter
Mitarbeit: Uwe Naumann
Assistenz: Erika Ahlers
Schlußredaktion: Volker Weigold
Umschlagentwurf: Werner Rebhuhn
Vorderseite: Friedrich Dürrenmatt
(Foto: Eduard Rieben)
Rückseite: Aus einer Inszenierung von «Der Besuch der alten Dame»
mit Hermine Körner in der Titelrolle, Schauspielhaus Düsseldorf 1956
(Archiv für Kunst und Geschichte, Berlin)

Veröffentlicht im Rowohlt Taschenbuch Verlag GmbH,
Reinbek bei Hamburg, Dezember 1987
Copyright © 1987 by Rowohlt Taschenbuch Verlag GmbH,
Reinbek bei Hamburg
Alle Rechte an dieser Ausgabe vorbehalten
Satz Times (Linotron 202)
Gesamtherstellung Clausen & Bosse, Leck
Printed in Germany
1080-ISBN 3 499 50380 8

19.–22. Tausend Januar 1991

1000117388

Inhalt

Friedrich Dürrenmatt, 1964

Einleitung

Friedrich Dürrenmatt, bekannt vornehmlich als Stückeschreiber, aber auch als Erzähler erfolgreich und als Essayist bedeutend, ist (gottlob) schwer einzuordnen. Der Tübinger Professor der Rhetorik Walter Jens begann einen Aufsatz über ihn mit der Feststellung, daß Dürrenmatt «nach dem Tode des unvergleichlichen Brecht der bedeutendste Dramatiker deutscher Sprache»[1]* sei. Das war 1958, zwei Jahre nach Bertolt Brechts Tod. Brecht-Gegner Hans Weigel hielt Dürrenmatt «für den besten Brecht, den wir haben»[2]. Das war 1976 und sehr witzig, aber unzutreffend. Dürrenmatt hat sich viel mit Brecht beschäftigt und sich gegen ihn abgegrenzt, ja, sich ihm gegenübergestellt. Aber immer wieder wurden und werden die beiden Stückeschreiber miteinander verglichen und gegeneinander ausgespielt. Brecht und Dürrenmatt sind zwei voneinander verschiedene, in sich geschlossene Welten. Die Berührungspunkte sind minimal, die Gegensätze extrem. Brecht im April 1955: «Mit Interesse höre ich, daß Friedrich Dürrenmatt in einem Gespräch über das Theater die Frage gestellt hat, ob die heutige Welt durch Theater überhaupt noch wiedergegeben werden kann.» Dürrenmatt erinnerte sich nicht, eine solche Frage jemals gestellt zu haben. Brecht selbst stellte die Frage. «Der Mensch», antwortete er sich dann auch selbst, kann «dem Menschen nicht mehr lange als Opfer beschrieben werden, als Objekt einer unbekannten, aber fixierten Umwelt. Vom Standpunkt eines Spielballs aus sind die Bewegungsgesetze kaum konzipierbar», das heißt zu verstehen. Seine Meinung sei, schließt Brecht, «daß die heutige Welt auch auf dem Theater wiedergegeben werden kann, aber nur wenn sie als veränderbar aufgefaßt wird». Der Kommunist Brecht starb fortschrittsgläubig – wenn auch sein Glaube durch die Erfahrungen seiner letzten Jahre getrübt schien. «Weil nämlich», schrieb er in jenem «Beitrag zu einer Diskussion»[3], «die Natur der menschlichen Gesellschaft im Dunkeln gehalten wurde, stehen wir jetzt, wie die betroffenen Wissenschaftler uns versichern, vor der totalen Vernichtbarkeit des kaum bewohnbar gemachten Planeten.»

---

* Die hochgestellten Ziffern verweisen auf die Anmerkungen S. 131 f.

«Das Arsenal des Dramatikers (Selbstportrait)». *Federzeichnung von Friedrich Dürrenmatt, 1960*

Dies ist der Punkt, an den der 23 Jahre jüngere Friedrich Dürrenmatt anknüpft. Vom Standpunkt des Desillusionisten Dürrenmatt ist die Welt im Sinne des Ideologen Brecht durchaus nicht von Menschen veränderbar, sie verändert sich selbst, aus sich heraus. Der Mensch ist beteiligt, aber nicht maßgebend, nicht allein verantwortlich. Bei Dürrenmatt steht nichts fest. Auch die Wirklichkeit nicht. Sie ist fragwürdig, in all ihren Teilen. Gibt es sie überhaupt? Der Radikale Dürrenmatt hebt alles auf, auch unsere schönsten Begriffe. In fast allen Stücken und Schriften dieses Schweizer Protestanten spielt Gott eine Rolle. Aber der Verfasser ist nicht sicher, daß es ihn gibt! Er zweifelt daran. *Und den Zweifel auf die Seite zu schieben, ist die größte Ungerechtigkeit, die es gibt. Ich weiß nicht, ob ich mich klar ausdrücke: Aber ich bin ein Zweifler, und ich zweifle und zweifle und zweifle.*[4] Er zweifelt an allem, und findet das eine gesunde Grundlage für jegliche Diskussion. Er zweifelt vor allem an der Wirksamkeit von Parteien, Gruppen, Ideologien.

Was bleibt? Der einzelne. Die auf sich selbst gestellte, nur für sich selbst verantwortliche Einzelpersönlichkeit. Der Mensch ist seine eigene Instanz: *Ja, das ist die letzte Position, die es wahrscheinlich noch gibt – jetzt sag ich etwas ganz Böses: vielleicht die finsterste theologische Instanz, wenn der Mensch nur noch sich selbst achten kann, keine andere Instanz hat als sich selber.*[5] Wenn Brecht in seinem Aufsatz fordert, «die Natur der menschlichen Gesellschaft» zur Vermeidung des Weltuntergangs zu erhellen, so befolgt dies auch Dürrenmatt, aber nicht als Programmatiker, Ideologe, Weltverbesserer. Er führt uns die menschliche Gesellschaft vor. So wie er sie sieht. Mit ihren Widersprüchen, Absurditäten, Verbrechen. *Eine Politik, die mit dem Menschen als nicht korruptem Wesen rechnet, wird unweigerlich scheitern. Die Korruption selbst ist eine Tatsache – Sie sehen das heute im ganzen öffentlichen Leben, in der Wirtschaft, in der Politik und auch in unserem Kulturbetrieb.*[6] Mögen wir uns selbst einen Vers darauf machen und die Lehren ziehen. Denkvorschriften macht Dürrenmatt uns nicht. Der Schriftsteller, so Dürrenmatt, kann nur und muß dann aber auch *Marksteine hinterlassen, Zeichen hinterlassen... Nicht Tagespolitik treiben, sondern die Welt immer wieder neu durchdenken... Ich kann mir keine Gesellschaft denken, in der der Schriftsteller nicht die Position des Rebellen bezieht.*[7]

Das Multitalent Friedrich Dürrenmatt war ein Maler und Zeichner von skurril-makaberen Bildern, ein fesselnder Erzähler, ein naturwissenschaftlich fundierter Essayist, und er hat neunzehn Bühnenstücke geschrieben. Sein Weltruhm aber beruht auf vier Komödien: *Die Ehe des Herrn Mississippi, Der Besuch der alten Dame, Die Physiker* und *Der Meteor.* Besonders die drei letzteren sind handfeste Theaterstücke, die auf allen Bühnen gespielt und von jedem Publikum verstanden werden können. Jedes dieser Stücke beruht auf einer höchst originellen Idee, die das Ergebnis von Theaterpraxis und Welt-Anschauung ist.

In Dürrenmatts Theater steht die Welt auf dem Kopf. Die reiche alte Dame Zachanassian kehrt in ihr Heimatstädtchen nicht aus Heimweh zurück, sondern mit einem Sarg, in dem sie die Leiche ihres einstigen ungetreuen, aber noch quicklebendigen Verführers mitnehmen will und wird. Der Schriftsteller Schwitter in *Der Meteor* will eines natürlichen Todes sterben und kann es nicht. Rings um ihn sterben Menschen, die gern leben möchten. Der Atomphysiker Möbius läßt sich, um die Menschheit nicht zugrunde zu richten, ins Irrenhaus sperren. Er tut genau das Falsche. Dort sitzen die Verräter. Dürrenmatt führt seinem Publikum und seinen Lesern ihren sukzessiven Zusammenbruch vor, mit einem schaurigen Humor und Witz. Sein Werk: Untergangsvisionen in verschiedensten Abarten und Ausgestaltungen.

Besonders über Autoren, bei denen Fragen offenbleiben, wächst die Sekundärliteratur ins Gigantische. Für die Literaturwissenschaft steigt der Wert eines Autors mit der Mehrdeutigkeit seines Werks. Sekundärliteraten, Germanisten, Theatertheoretiker und Metaphysiker haben eine riesige Kuppel über Dürrenmatts Werk errichtet, und fast jede Facette in diesem Gewölbe stellt eine andere Deutung, Auffassung und Wertung dar. Der vor Ideen und Angriffslust überquellende Autor hat sich auch oft selbst über seine Arbeiten geäußert. Das schafft neue Mißverständnisse. Denn auch diese Selbstzeugnisse werden analysiert, nach verschiedenen Methoden und mit verschiedenen Resultaten.

Der an Dürrenmatt interessierte Literatur- und Theaterfreund verdankt den Forschern viel. Ohne ihre Arbeit hätte auch diese Monographie nicht geschrieben werden können. Aber nicht selten entsteht der Eindruck, daß Kritik und Analyse Selbstzweck sind. Manche Kommentare sind ums Vielfache umfangreicher als die Originaltexte. Das will an sich nichts sagen. Aber da wird weit ausgeholt, und im Übermaß werden andere Autoren zu Vergleichen herangezogen. Als Quellen für Dürrenmatts Schaffen sind aber weniger die Werke anderer Autoren aufschlußreich als vielmehr das Weltgeschehen und Dürrenmatts Reagieren. Zur Umwelt gehört auch die Literatur. Mitunter ist der eine oder andere Einfluß spürbar. Aber Literatur erwächst nicht aus Literatur. Dürrenmatt stand mit den Literaturwissenschaftlern nicht gerade auf Kriegsfuß, aber in einem gespannten Verhältnis. Er fühlte sich überinterpretiert und mißverstanden. *Der Schriftsteller muß die Literatur vergessen, soll sie ihn nicht lähmen. Sein Vorrecht ist Ungerechtigkeit den Vorfahren und den Kollegen gegenüber. Brecht kann ihn unsäglich langweilen und irgendein längst verschollener, unspielbarer Dramatiker maßlos aufregen, alles ist da möglich, das Absurdeste kann seiner eigenen Produktion dienlicher sein als das Vernünftige, Gesicherte. Doch vor allem wird ihn nicht die Literatur, sondern die Welt beschäftigen, in der er nun einmal lebt...*[8]

...in der er nun einmal lebt. Er selbst hat es immer abgelehnt, sein Leben zu beschreiben: *Ich habe keine Biographie.*[9] Natürlich meinte

Friedrich Dürrenmatt, er habe kein skandalträchtiges, sensationelles Leben geführt. Er hatte eine Abneigung gegen Autobiographien. *Der Tod rückt näher, das Leben verflüchtigt sich. Indem es sich verflüchtigt, will man es gestalten; indem man es gestaltet, verfälscht man es: So kommen die falschen Bilanzen zustande, die wir Lebensbeschreibungen nennen...* Indessen hat er immer wieder gern von sich erzählt, schriftlich und mündlich. Und beinahe könnte man aus dem vorhandenen Material eine Autobiographie zusammenstellen.

Eine weitere Hemmung hätte der Autobiograph Dürrenmatt zu überwinden gehabt. *Gemessen am Schicksal von Millionen... kommt mir mein Leben so privilegiert vor, daß ich mich schäme, es auch noch schriftstellerisch zu verklären.*[10] Von Privilegien kann keine Rede sein. Häuser, hoch überm Neuenburger See mit Blick auf die Hochalpen, Weltruhm, Preise, Einkommen sind ihm nicht auf Grund von Vorrechten in den Schoß gefallen, sondern durch Arbeit, Mühsal und Plage erworben worden. Auch muß man sein Leben nicht gleich v e r k l ä r e n . Es genügt der Versuch, der Realität näherzukommen. Das ist auch die Aufgabe einer Monographie. Diese hier soll und kann die zünftige Literaturwissenschaft nicht bereichern. Sie ist, um mit Brecht zu reden, «für den Gebrauch bestimmt».

Kindheit und Jugend

Friedrich Dürrenmatt wurde am 5. Januar 1921 in dem Emmentaler Dorf Konolfingen (Kanton Bern) geboren. Pfarrer Reinhold Dürrenmatt und seine Frau Hulda Dürrenmatt-Zimmermann hatten lange auf Kindersegen gewartet. 1924 wurde ihnen noch die Tochter Vroni geboren. Großvater Ulrich Dürrenmatt aus dem Dorf Herzogenbuchsee war ein militant-konservativer Berner Nationalrat, der mit satirischen Versen Krä-

Der Vater: Reinhold Dürrenmatt...

mergeist und Bürokratismus bekämpfte. Er gab eine Zeitung heraus und schrieb für jede Nummer ein Gedicht. Für eines verbüßte er eine zehntägige Gefängnisstrafe. Diese Bestätigung seiner aggressiven Poesie machte ihn glücklich: «Zehn Tage für zehn Strophen, ich segne jeden Tag.» Der Enkel fühlt sich übergangen, weil er, trotz seiner massiven Gesellschaftskritik, niemals eine derartige Anerkennung erfuhr, sondern, im Gegenteil, immer nur Medaillen und Ehrentitel, Doktorwürden und Preise erhielt.

Meine Eltern waren gastliche Pfarrersleute, sie wiesen niemanden ab und ließen mitessen, wer mitessen wollte, so die Kinder eines Zirkusunternehmens, welches das Dorf jährlich besuchte, und einmal fand sich auch ein Neger ein. Er war tiefschwarz und hieß Modidihn. Er saß am Familientisch links neben meinem Vater und aß Reis mit Tomatensoße. Er war bekehrt, dennoch fürchtete ich mich vor ihm. Überhaupt wurde im Dorfe viel bekehrt.[11] Es wimmelte von Sekten, und im Wald über dem Dorf gab es sogar eine Mohammedaner-Mission. Im Pfarrhaus war die Bibel immer zur Hand. Der Vater las das Alte Testament in hebräischer, das Neue in

. . . und die Mutter: Hulda Dürrenmatt (Fotos aus späterer Zeit)

griechischer und lateinischer Sprache. Reinhold Dürrenmatt war ein Gelehrter, gleichwohl predigte er einfach, volksnah, jedermann verständlich. Er galt als guter Seelsorger und besuchte bis ins hohe Alter die Kranken. Mit den Interessen seines Sohnes war er niemals einverstanden, und Fritz, wie Friedrich Dürrenmatt von den Eltern und Spielkameraden genannt wurde, respektierte den Alten, von einer innigen Beziehung aber konnte keine Rede sein. Als Fritz Schriftsteller wurde, besuchte der Vater nur die ersten Premieren, die moderne Literatur blieb ihm fremd. In der Familie führte die Mutter das Regiment. Auch im Dorf und dessen Umgebung gab sie den Ton an. Sie organisierte Pfarrfrauentagungen und Mütterabende, hielt Vorträge, kümmerte sich um Notleidende, zwischen ihr und Fritz aber war eine Mauer. Dem Sohn mißfielen ihre gespielte Bescheidenheit und ihr unentwegtes leidenschaftliches Beten: Für Hulda Dürrenmatt verdankte der Mensch alles nur Gott, auch Fritz später seine Erfolge.

Konolfingen war ein Mischdorf, bestehend aus Bauernhöfen und kleinen Fabriken. Die Arbeiter betrieben Landwirtschaft im kleinen, waren Selbstversorger. Im Gegensatz zur Anonymität in der Stadt lebt der Dorfbewohner in der Öffentlichkeit. Alle kennen einander, wissen voneinander. Es gibt keine bessere Schule für das Leben als das Dorf. *Ich glaube, daß alles Wichtige, alles Entscheidende sich auf die Jugend zurückführt. Dies ist keine Erkenntnis, die ich – etwa von der Psychoanalyse – übernom-*

Das Geburtshaus: Pfarrhaus in Konolfingen

men, sondern eine Erfahrung, die ich selber gemacht habe, indem ich über meine Werke, meine Ideen, meine Arbeit nachdachte.[12]

Vom Pfarrerssohn wurde ein exzellent gutes Benehmen erwartet, und wenn er dem nicht entsprach, wurde ihm das besonders angekreidet. Viele gingen ihm aus dem Weg, die Bauernjungen suchten ihn zu verprügeln. Der Knabe Dürrenmatt mußte ihnen auf Schleichwegen zu entkommen suchen. So wurde er zur Einzelgängerei gezwungen, hatte Zeit, seinen eigenen Gedanken und Träumen nachzugehen.

Ihm ist das Dorf, und später die Stadt Bern mit ihren Laubengängen, Gassen, Durchbrüchen und Passagen wie ein Labyrinth vorgekommen. In den Weizenfeldern von Konolfingen, in den Heuhaufen der Scheunen, auf den Speichern der Bauernhäuser, überall waren unübersichtliche Gänge, durch die die Knaben stundenlang krochen, einander auflauernd. *Mein Leben begann in einer gespenstischen Idylle, und diese Idylle empfand ich als labyrinthisch.*[13]

Neben dem Pfarrhaus lag die Metzgerei. Die Kinder schauten zu, wie die Schlachttiere an den Füßen aufgehängt wurden, wie der Schnitt in den Hals gemacht wurde, wie die Tiere unter Zuckungen ausbluteten, enthäutet und in verkäufliche Einzelteile zerlegt wurden. Danach spielten sie wieder unbekümmert auf dem Friedhof hinter dem Pfarrhaus.

In jener Zeit ohne Radio und Fernsehen sprachen die Menschen mehr miteinander als heute, und sie erzählten einander Geschichten. Sie lasen sie nicht vor, sie erzählten sie, eigene und die anderer Autoren – Märchen, Klassisches, Aktuelles. Es gab besonders Begabte unter diesen Barden, die ihre Zuhörer in Wirtshäusern und auf Plätzen stundenlang zu unterhalten wußten. Dürrenmatt schwärmte zeitlebens von ihnen. Auch seine Mutter und sein Vater beherrschten die Kunst des Erzählens. Seiner Mutter Repertoire bestand aus biblischen Geschichten. Wortgewaltig wußte sie die Sintflut zu schildern. Während Pfarrer Dürrenmatt seinem Sohn auf Spaziergängen mit Vorliebe die Mythen der Antike erzählte, die griechischen Heldensagen. Der bibelstarke Mann, zugleich Altphilologe, hatte in seinem Sohn einen dankbaren Zuhörer. *... die Helden und Ungeheuer, von denen er berichtete, kamen mir gleich vertraut vor ... Der stärkste Mann, den es je gab, konnte nur Herkules heißen ... Am liebsten jedoch erzählte mir mein Vater vom königlichen Theseus, wie er die Räuber Prokrustes und Pityokamtes besiegte, und vom Labyrinth des Minos, von Dädalus erbaut, den ungefügen Minotaurus gefangenzuhalten; ich erfuhr, wie der Vater des Theseus ums Leben kam...*[14] Dürrenmatts erstes Buchgeschenk war Gustav Schwabs «Sagen des klassischen Altertums». Das Exemplar steht noch heute in seiner Bibliothek.

Im Dorf lebten drei Maler. Allen dreien schaute der Knabe über die Schulter, war aber enttäuscht, daß der jüngste von ihnen, einer mit Künstlermähne, lediglich brave Landschafte malte. Ein anderer porträtierte ihn und schenkte ihm fürs Stillsitzen Malkartons. Auf sie hat Dürrenmatt seine ersten Schlachten gemalt und einmal auch eine Sintflut. In der Bibliothek seines Vaters fand er eine Shakespeare-Ausgabe, illustriert vornehmlich mit Darstellungen von schwerterschwingenden Helden und von Reiterschlachten, und ein Buch über Michelangelo. *Ich begann Michelangelo nachzuahmen.* Der Dorfarzt lieh ihm Bücher über Böcklin und Rubens. *Mit den Frauen wußte ich weniger anzufangen: etwas Busen und lange Haare, noch spielten die Frauen in meiner Phantasie keine Rolle.* Er fand seine Motive auch in den Geschichten, die ihm erzählt wurden und die er las. *Ich hielt es für unwürdig «abzuzeichnen», mich an der Natur zu üben, beobachten zu lernen, ich meinte, ein Maler bewältige alles aus der Vorstellungskraft; was ich zeichnete war jenseits von jeder anatomischen und biologischen Glaubwürdigkeit; es bedeutete etwas, das genügte, und so unbeschwert zeichne und male ich noch heute.* [15]

Einer seiner Lehrer machte ihn mit der Sternenwelt bekannt. Schon als Achtjähriger konnte er sämtliche Sternbilder mit Namen nennen und bei günstigem Wetter mit bloßem Auge den Andromedanebel erkennen. Das Dorf lag auf einer Hochebene, umgeben von bewaldeten Hügeln. Er bastelte sich selbst ein Fernrohr, und um den Sternen noch näher zu sein, kletterte er auf Bäume. Die Liebe zur Wissenschaft ist ihm geblieben. *Ich lese fast nur wissenschaftliche und philosophische Bücher.* [16] Neben seinem Arbeitstisch steht ein leistungsstarkes Teleskop.

Er war vierzehn, als sein Vater Seelsorger im Salemspital und im Diakonissenheim in Bern wurde, und der Sohn mußte zweieinhalb Jahre ein Freies Gymnasium, dann das Humboldtianum durchmachen. Wirklich «durchmachen». Er war ein miserabler Schüler. Er konnte sich nicht konzentrieren, nicht auf den Lehrstoff. Lieber zeichnete er und saß in Kinos und Cafés, las Karl May, Swifts «Gullivers Reisen», auch Jules Verne und Gotthelfs «Schwarze Spinne», später Wieland, Lessings «Laokoon», Schopenhauer, Nietzsche. Schließlich trat die Berufswahl an den jungen Mann heran. Natürlich hätte es der Vater gern gesehen, wenn sein Sohn Theologie studiert hätte. Es kam zu einer Aussprache, der Sohn zeigte eine allem Kirchlichen gegenüber ablehnende Haltung, der Vater äußerte seinen Wunsch danach nie mehr. Friedrich Dürrenmatt wollte Maler werden, ein anderer Beruf kam nicht in Betracht. Sein Vater, überzeugt, daß Kunstmaler ein anständiger Beruf sei, war einverstanden, vorausgesetzt, daß er vor dem Besuch der Kunsthochschule das Abitur bestand. Da aber lag der Schüler schier hoffnungslos zurück. Zwei Monate vor dem Prüfungstermin setzte er sich mit einem Freund zusammen, der in der gleichen Notlage war, und büffelte Tag und Nacht, mit Erfolg.

Noch in späteren Jahren bedauerte er, nun nicht wirklich auf der Kunstakademie Zeichnen und Maltechniken gelernt zu haben. Schuld daran war das Fehlurteil einiger professioneller Maler, die Frau Dürrenmatt

Friedrich Dürrenmatt als Kind

herbeigerufen hatte. Die Koryphäen fanden, der junge Mann male und zeichne weitab vom gängigen Stil, der damals eine Art impressionistisch aufgeweichter Realismus war. Die Herren waren den phantastischen Blättern nicht gewachsen und rieten ab. Entmutigt entschloß sich Dürrenmatt für das Studium der Philosophie, nicht zuletzt, um seinem Vater etwas entgegensetzen zu können.

Die erste Schaffensphase (1941–1955)

Frühe Texte

Wie er ein nachlässiger Schüler gewesen war, wurde er nun *ein ziemlich verbummelter Student*[17]. Herbst 1941 bis Herbst 1942 studierte er in Bern Germanistik und Philosophie, dann zwei Semester Philosophie und Naturwissenschaften in Zürich, jedenfalls war er als Student dort eingeschrieben. Mehr als auf der Universität glaubte er in Kneipen und im Atelier des Malers Walter Jonas zu lernen. Der expressionistische Künstler, der vom Unterrichten lebte, malte nur nachts und in der Gesellschaft von Freunden, zu denen auch Friedrich Dürrenmatt gehörte. Während Jonas malte oder radierte, unterhielt er sich mit ihnen über Politik und Philosophie. Durch Jonas lernte Dürrenmatt die deutschen Expressionisten kennen, größten Eindruck machte auf ihn Georg Heym, auch den Namen Kafka hörte er hier zum erstenmal. Dürrenmatt begann zu schreiben. An die Tür seiner Studentenbude heftete er einen Zettel: *Friedrich Dürrenmatt, nihilistischer Dichter.* Im Zürcher Germanistischen Seminar entstand seine lebenslange Aversion gegen die Literaturwissenschaft. Zurück in Bern, studierte er ohne besonderes Ziel bis 1946, im ganzen also zehn Semester Philosophie, vor allem Kierkegaard und Platon. Hegel und Heidegger blieben ihm fremd. Die geplante Dissertation «Kierkegaard und das Tragische» wurde erst gar nicht begonnen. Während des letzten Semesters reifte sein Entschluß, Schriftsteller zu werden.

Der Student Dürrenmatt erlebte den Krieg und den faschistischen Terror in Europa mittels Zeitungen, Rundfunk und Fox Tönender Wochenschau. Er schrieb Untergangs- und Endzeitgeschichten. Der erste erhaltengebliebene Prosatext, *Weihnacht*, entstand Weihnachten 1942. Er besteht aus 28 kurzen Sätzen. *Es war Weihnacht. Ich ging über die weite Ebene. Der Schnee war wie Glas.*[18] Im Schnee findet der Wanderer das Christkind. Es ist tot, und sein Heiligenschein schmeckt dem Hungrigen wie altes Brot, sein Kopf wie altes Marzipan. Sonne, Mond und Sterne sind erloschen, und das Christkind ist ungenießbar. Die Geschichte *Der Folterknecht*, geschrieben Anfang 1943, beginnt mit der Schilderung eines Folterkellers. *Die Folterkammer ist die Welt. Die Welt ist die Qual.*

Bern, in den dreißiger Jahren

Der Sohn des Seelsorgers Dürrenmatt leugnet Gott keineswegs. Viel schlimmer. Der häßlich entstellte Folterknecht tauscht seine Rolle mit Gott, der nun den ehemaligen Folterknecht foltert. *Der Folterknecht ist Gott. Gott foltert.*[19] Gott als Sadist! Rund um die Schweiz herrscht Krieg. Millionen Menschen schießen, schlagen, stürmen aufeinander ein. Vom Boden aus und aus der Luft werden Dörfer und Städte zerstört. Allewelt fragt sich seit Jahren, wird Hitler auch die Schweiz besetzen? Friedrich Dürrenmatt ist seiner schlechten Augen wegen vom Militärdienst befreit. Der Kelch scheint an der Schweiz vorüberzugehen. Die Deutschen brauchen die Alpentunnel zur Beförderung von Kriegsmaterial nach Italien. Die Schweizer könnten ihre Tunnel sprengen. Schauerliche Visionen drängen sich dem jungen Dichter auf. *Der Sohn* soll von seinem Vater als dessen zweites Ich versklavt werden, nackt und bloß und völlig isoliert, ohne jede eigene Regung. Als ihm das nicht gelingt, erschießt der Vater ihn. Lastet die Autorität seines Vaters auf Friedrich Dürrenmatt so stark? *Ein Mensch erschlug seine Frau und verwurstete sie*[20], beginnt die Geschichte *Die Wurst*, geschrieben im Winter 1943. Eine einzige Wurst ist übriggeblieben, als der Täter verhaftet und vor Gericht gestellt wird. Natürlich wird er zum Tode verurteilt. Er darf einen letzten Wunsch äußern. Er wünscht sich, dieses Überbleibsel seiner Frau, die Wurst, die als Corpus delicti den Richtertisch zierte, essen zu dürfen. Dem wird statt-

19

Walter Jonas

gegeben. Es stellt sich heraus, daß der Richter selbst, in seiner Zerstreutheit, die Wurst schon verzehrt hat.

Als *Weltuntergangskomödie* bezeichnete Dürrenmatt sein erstes kurzes Theaterstück *Untergang und neues Leben*. Diese Arbeit begann er schon 1941: *Was entstand, waren Fragmente, mühseliges, gequältes Geschreibsel.*[21] Im Sommer 1943, während eines Ferienaufenthalts im Wallis, schrieb er das Stück zu Ende. 1951 schuf er die 1980 erstmalig veröffentlichte Fassung. Im wesentlichen blieb er bei der ersten. Im Mittelpunkt steht der Fremde (ohne Namen, in diesem surrealistischen Stück hat niemand einen Namen). Der Fremde begegnet einem Soldaten ohne Arme und Beine, einem Gehängten, an dem er hochklettert und mit dem er Zwiesprache pflegt und der ihm den Mond vom Nachthimmel pflückt, aber auch der Mond ist tot. Er begegnet einer Hure, die ihn um den Gnadenschuß bittet, einem General, der, Sekt trinkend, die Weltuntergangsmaschine bewacht, später hingerichtet wird, auf einem elektrischen Stuhl, auf dem auch Eier gebraten werden, aber nun, nach dem Tod des Generals, macht sich die Maschine selbständig... Angeregt zu diesem Stück in einem trockenen, knappen und zugleich ekstatischen Stil mit vielen Liedern haben den Autor *einige Expressionisten, die ich aus Soergels «Dichtung und Dichter der Zeit» kannte, und auch die Aufführung des «Guten Menschen von Sezuan» im Schauspielhaus Zürich...*[22] Und wie sieht das vom jungen Dürrenmatt im Titel verheißene neue Leben aus?

Der Fremde *wird dahingeschwemmt von den Wassern: Die Meere treiben mich fort, eine neue / Erde wässernd.*[23]

Auch auf den Federzeichnungen jener Kriegsjahre wimmelt es von Scharfrichtern, Folterern und Gefolterten, von Kriegskrüppeln, Trinkern, Huren, Skeletten, Tiermenschen und Menschentieren, apokalyptischen Reitern – eine düstere Welt, bevölkert von mordgierigen Gespenstern in Menschengestalt, wir finden in ihr das Personal der frühen Texte wieder.

Nach diesen Arbeiten schreibt Dürrenmatt nicht mehr so schulmäßig expressionistisch, staccato, lapidar, in einer Sprache wie aus Hammerschlägen und Aufschreien. In seinen nächsten Stücken dominiert eine gehoben-pathetische Sprache, und mit seinen Erzählungen nähert er sich einem flüssigeren Stil.

Die Erzählung *Der Alte* ist seine erste Publikation: 1945 in der Berner Tageszeitung «Der Bund». Ein kleines Land (die Schweiz?) ist von einer hochgerüsteten Macht (der deutsche Faschismus?) besetzt worden. Jede freiheitliche Regung wird unterdrückt. Der Alte (der Diktator) ist Symbolfigur, Verkörperung der Gottlosigkeit, der Verneinung jeglicher Lebenswerte. Er haust und brütet im Verborgenen, beinahe unsichtbar, und völlig allein, und doch geht von ihm alle Macht aus, der Terror, mit dem das Land niedergehalten wird. *Er war im Leeren, dort wo es keine Beziehungen mehr gibt und keine Verantwortung anderen gegenüber. Er haßte die Menschen nicht, er verachtete sie nicht, er bemerkte sie nicht...*[24] Eine junge Frau, auf sich gestellt, dringt zu ihm vor und erschießt ihn. Der Alte, in seiner Gleichgültigkeit auch dem eigenen Leben gegenüber, hat seinen Tod provoziert, indem er der Frau die Waffe zuschob. Er weiß, die Macht, die er verkörpert, stirbt mit ihm nicht aus.

Zwei weitere Erzählungen entstanden 1945: *Das Bild des Sisyphos* und *Der Theaterdirektor*. Das Bild ist ein gefälschter Hieronymus Bosch. Der Fälscher verkauft es zu einem ungeheuren Preis, wird Großunternehmer und will das Bild vom Käufer, einem Großbankier, zurückerwerben. Der weigert sich. Die Herren werfen für Sisyphos alles in die Waagschale und richten sich gegenseitig zugrunde. Dürrenmatt stellt die Frage: Kann aus einem Nichts ein Etwas werden? Aus einer Fälschung etwas Echtes? Der ruinierte Fälscher wirft das Bild ins Feuer und kommt selbst in den Flammen um. Diese Geschichte könnte von Anfang bis Ende von Edgar Allan Poe geschrieben worden sein, nicht so *Der Theaterdirektor*.

Der Theaterdirektor, Prototyp des Bösen, will seine Macht über das Theater hinaus auf die Stadt ausdehnen – und richtet seine einzige Menschendarstellerin, Verkörperung der Vernunft und der Liebe, demonstrativ zugrunde, als Zeichen seiner absoluten Herrschaft. Während alle anderen Mimen seines Ensembles nach seiner Regiekonzeption wie gedrillte Soldaten und Marionetten zappeln, verformt, zur Selbstaufgabe verführt, bleibt die Protagonistin sich treu. Die Hauptrolle während der Galanummer vor vollbesetztem Haus spielt das Publikum, das der sadisti-

An der grossen Strasse

Am folgenden Morgen, nachdem die Alte mir geholfen, den Vater zu begraben, traf mein Bruder ein, vom schwarzen Wagen hergeführt, den ich schon von weitem auf der grossen Strasse über die Hügel habe fahren sehen. Doch konnte es mein Bruder nicht vermeiden, dass ich jenen erblickte, wenn auch nur zwischen zwei Schlägen meines Herzens, der ihn hergeführt, obschon der Bruder mich bei den Schultern gefasst und ins Haus hinaufgeführt hatte, während sich der Wagen wandte und nach den Städten zurückfuhr. Das Gesicht des Mannes aber, welches ich hinter den Scheiben gesehen, kam mir nie mehr aus dem Sinn und es verfolgte mich wie ein Schreckbild, das uns im Traume erschienen ist. Dieses Antlitz war von äusserstem Ebenmass, doch war ihm eine Kälte eigen, dass es erstarrte. Ich fühlte damals eine ungeheure Abwehr, die in diesen Zügen lag, welche darauf ausging, den Menschen von sich zu weisen, doch stieg schon damals in mir, wenn auch undeutlich die Ahnung auf, dass dieses Wesen solches nur tat, um ganz im Verborgenen wirken zu können, und ich halte diese unbewusste Erkenntnis für den Grund, dass ich mich damals so fürchtete, doch war dies nur einen Augenblick der Fall, denn die Umarmung meines Bruders verdeckte gleichsam den Abgrund, der sich dem Knaben geöffnet. So begannen jene Jahre, welche ich mit meinem Bruder im Hause an der grossen Strasse verbrachte, welche von den Städten nach den grossen Wäldern führte, welche noch zum grossen Teil unerforscht waren und die wir von ferne hinter den Hügeln als einen dunklen Streifen zu erblicken vermochten, den Schein der Städte aber sahen wir in klaren Nächten am südlichen Himmel und dann war es oft, als würden sich in jenen Gegenden riesenhafte Brände ausdehnen. Dann geschah es, dass ich stundenlang dorthin schaute, bis ich einschlief, bis am frühen Morgen das Gepolter

Aus einem frühen Manuskript

schen Exekution der Widerständlerin, die sich nicht wehrt, die sich opfert, ekstatisch zujubelt – *bis alles ein Schrei: Tötet sie! war und unter dem Toben der Menge ihr Leib durch die Messer zerteilt wurde, derart, daß ihr Kopf mitten unter die Zuschauer fiel, die sich erhoben hatten, ihn faßten, von seinem Blut besudelt, worauf er wie ein Ball von einem zum anderen flog.*[25] Das Theater als Weltspektakel – so wie in Dürrenmatts eigenen Stücken. Die Geschichte wird in Wir-Form erzählt von einem, der dabei ist, beobachtet, durchschaut. Die sittlichen Gesetze sind aufgehoben, auf seine Freiheit verzichtet das Volk, um sich ganz dem Bösen hinzugeben. *Wir ergötzten uns an einer Tragödie, die in Wirklichkeit unsere eigene war.*[26]

Friedrich Dürrenmatt liest die griechischen Tragiker, Aristophanes, Shakespeare, sein Lieblingsklassiker ist Lessing, später liest er Kafka, Wedekind und Jünger, Sartre und Camus. Eine existentialistische Phase haben in jenen Jahren wohl die meisten intellektuellen jungen Leute durchgemacht. Sartres «Der Ekel» und «Das Sein und das Nichts» und Camus' «Der Mythos von Sisyphos» und «Die Pest» spiegelten die Hoffnungslosigkeit während des Kriegs und Nachkriegs wider und prägten die

Um 1946

Anschauung von der Absurdität des Daseins, von der Freiheit des Menschen, von der Qual jedes einzelnen, sich immer aufs neue selbstverantwortlich entscheiden zu müssen, von seiner Verlassenheit, Vereinzelung. Im Mittelpunkt dieser Schriften steht der ideologiefeindliche Mensch, realistisch, desillusioniert bis zum Nihilismus, dazu verurteilt, sich selbst zu «entwerfen», ohne Gnade auf sich selbst gestellt. Von dieser Stimmung sind auch die ersten Schriften und Stücke Dürrenmatts durchtränkt. Zugleich überwindet er sie. Nicht zuletzt durch seinen immer stärker durchdringenden sarkastischen, bitteren, finsteren Humor.

Zwischen Mitte 1945 und März 1946 schreibt er *Es steht geschrieben. Ein Drama* und das Hörspiel *Der Doppelgänger*, das, von Radio Bern abgelehnt, fünfzehn Jahre später, leicht überarbeitet, vom Norddeutschen Rundfunk produziert und gesendet wird. *Ein Werk*, so Dürrenmatt 1980, *das, ganz in meiner von Kierkegaard ausgelösten religiösen Dialektik verhaftet, sich in den christlichen Paradoxien herumhetzt, im Versuch, das Problem der Prädestination darzustellen. Die Prädestination prüft den christlichen Glauben auf eine unbedingte, ans Unmenschliche grenzende Weise, sie fordert einen Glauben an einen absoluten Gott, der so absolut ist, daß er auch die Freiheit eliminiert.*[27] Die Handlung des *Doppelgängers* ergibt sich aus einem Gespräch zwischen Hörspielautor und Hörspielregisseur. Der Schriftsteller improvisiert sein neues Hörspiel, und so entsteht es. Zu einem wegen Mordes unschuldig zum Tode Verurteilten kommt in der Nacht sein Doppelgänger, der den Mord begangen hat. Der Mörder wirft ihm vor, die Schuld nicht auf sich genommen zu haben, die Schuld eines einzelnen sei jedermanns Schuld. Bei vergleichbar ähnlicher Versuchung hätte auch der Unschuldige gemordet. Er wird, zum Beweis, in eine Situation manövriert, in der er gleich zwei Menschen tötet. Der Regisseur, der nun mitspielt, ist empört und will vor Gericht protestieren. Aber Schriftsteller und Regisseur finden es nicht. Die Räume, in denen es residierte, sind leer, das Haus verfallen. *REGISSEUR wütend: Und damit soll ich mich zufrieden geben? SCHRIFTSTELLER: Damit müssen wir uns zufrieden geben.*[28] Nichts absurder als ein Gericht, das nicht existiert, aber Unschuldige zum Tode verurteilt und erwartet, daß sie das Urteil gutheißen, mehr noch, daß sie für die Gnade göttlicher Rechtsprechung dankbar sind. In Wirklichkeit gibt es kein Hohes Gericht. Jeder Mensch ist sein eigener Gesetzgeber und Richter und mit seinem Gewissen allein.

Im Sommer 1946 lernt Dürrenmatt die Schauspielerin Lotti Geißler aus Ins kennen. Sie studiert in Bern eine Hörspielrolle ein und spielt in dem Film «Vreneli vom Thunersee», der in Basel gedreht wird. Lotti Geißler und Friedrich Dürrenmatt heiraten am 11. Oktober zivilrechtlich in Bern, kirchlich einen Tag später durch den Vater des Schriftstellers in der Kirche in Ligerz am Bieler See, wo Lottis Mutter lebt. Das Paar zieht nach Basel. Lotti ist eine leidenschaftliche Schauspielerin, gibt aber ihren Beruf ihrem Mann und ihren Kindern zuliebe alsbald auf.

«Es steht geschrieben. Ein Drama»

Am 19. April 1947 wird im Schauspielhaus Zürich Dürrenmatts erstes abendfüllendes Stück *Es steht geschrieben* uraufgeführt. Dem Stück liegt die Wiedertäufer-Episode im westfälischen Münster zugrunde. Als Vorwort zur Buchausgabe schreibt Dürrenmatt: *Vielleicht wäre noch zu sagen, es sei nicht meine Absicht gewesen, Geschichte zu schreiben, wie ich denn auch Dokumenten nicht nachgegangen bin, kaum daß ich einige wenige Bücher gelesen habe über das, was sich in jener Stadt zugetragen. In diesem Sinne mag die Handlung frei erfunden sein.*[29] Natürlich gibt es Parallelen zur nationalsozialistischen Schreckensherrschaft. Der Autor aber wollte sein Stück auf jedes Terrorregime bezogen wissen.

Johann Bockelson, Schneidergeselle und Schauspieler aus Leyden, und Bürgermeister Bernhard Knipperdollinck in Münster, Dürrenmatts Hauptpersonen, sind historische Gestalten. Die revolutionäre Wiedertäuferbewegung ging 1525 von Zürich aus, verbreitete sich über halb Europa, gelangte 1534 in Münster an die Macht und errichtete dort das «Neue Jerusalem», das bald in Despotismus ausartete. Sie konnte vom Heer des rechtmäßigen katholischen Bischofs von Münster erst nach einer Belagerung von sechzehn Monaten im Juni 1535 gebrochen werden. Die Anführer fielen oder wurden zu Tode gefoltert. Die eisernen Käfige, in denen ihre Leichname ausgestellt wurden, hängen noch heute am Turm der Lambertikirche.

Die geschichtlichen Vorgänge waren Dürrenmatt Anlaß und Hintergrund für einen großangelegten historisch-phantastischen Bilderbogen, für ein üppig ausuferndes barockes Welttheater, für sein eigenes nihilistisch-pessimistisches Welt-Bild. *Was ich darstellen wollte, ist eine Welt in ihrem Untergang, in ihrer Verzweiflung, aber auch in ihrem Glanz, der jedem Ding anhaftet, das untergeht.*[30] Das personenreiche Drama löst sich auf in 31 Szenen, aber die Gegenspieler Bockelson und Knipperdollinck treffen nur dreimal aufeinander. Sie vertauschen ihre Rollen. Der reichste Mann Münsters Knipperdollinck verzichtet auf Hab und Gut und Weib und Kind nach dem Bibelwort – es steht geschrieben: daß eher ein Kamel durch ein Nadelöhr gehe als ein Reicher in den Himmel komme. Er spielt mit Inbrunst den Lazarus, den ärmsten der Menschen, demütig sich zu Gott drängend, den er um Gnade anfleht, die seine letzte Hoffnung ist, aus dem Labyrinth der Welt herauszukommen, erlöst, erhöht zu werden. Aber der Henker, der zugleich Gott ist oder doch in Gottes Auftrag handelt, kennt keine Gnade. Vagabund Bockelson aus Leyden eignet sich Knipperdollincks Schätze einschließlich Frau und Tochter an, ruft sich zum König des neuen Israel aus und säuft und praßt in einem Harem von vierzehn Weibern, indes sein Volk im belagerten Münster vor Hunger krepiert. Auch die Gegenseite wird vorgeführt, die fragwürdigen Freunde und Soldaten des uralten weisen Bischofs von Münster.

«Es steht geschrieben», Uraufführung Zürich 1947.
Regie: Kurt Horwitz, Bühnenbild Teo Otto

Die Sprache ist biblisch-psalmodierend, dann wieder sachlich, konkret, stellenweise kabarettistisch. Dürrenmatt schreckt auch vor leicht
obszönen Witzen und Wortspielen nicht zurück. Zeremonielles wechselt
mit Slapstick. Die Hauptpersonen stellen sich vor, erklären sich, nehmen
ihr Ende vorweg. Bockelson: *Johann Bockelson, Schneidergeselle, Mit-*
glied eines dramatischen Vereins, Wanderprediger und Prophet der Wie-
dertäufer, gestorben auf eine grausame und gewalttätige Weise zu Münster
in Westfalen am 22. Januar 1536.[31] Sich selbst läßt Friedrich Dürrenmatt
durch den Wiedertäuferführer Jan Matthisson vorstellen, indem es dieser
für seine Pflicht hält,
    darauf hinzuweisen, daß der Schreiber dieser zweifelhaften und in histo-
rischer Hinsicht geradezu frechen Parodie des Täufertums nichts anderes
ist
    als ein im weitesten Sinne entwurzelter Protestant, behaftet mit der Beule
des Zweifels, mißtrauisch gegen den Glauben, den er bewundert, weil er
ihn verloren...[32]

Es steht geschrieben – eine Dichtung wortgewaltig, überreich an Gedanken und Bildern – ist mehr ein Lesedrama als eines für die Bühne. Dem Leser wird die Inszenierung, wie sie sich der Autor vorstellt, mit allen Auftritten, Mondauf- und -untergängen, Szenen- und Lichtwechseln, mit den Kostümen und Masken und Gesten beschrieben. Der Wendepunkt, das erregende Moment ereignet sich am Ende des 4. Bildes, als Matthisson verbietet, die defekte Stadtmauer auszubessern, die Münsteraner zu bewaffnen und auf den Angriff der Belagerungstruppen vorzubereiten. Er legt das Schicksal der Stadt in Gottes Hand. Der seines Gottes sichere Matthisson zieht allein gegen den Feind zum Stadttor hinaus – und wird sofort erschlagen. Sonst erleben wir nur wenige dramatische Szenen. 1948, nachdem das Stück in Zürich und an zwei weiteren Theatern erfolglos geblieben war, zog der Autor es zurück. Immerhin, er hatte an den Theatern in Zürich und Basel neue Freunde gewonnen: die Theatermacher Kurt Horwitz, der *Es steht geschrieben* inszeniert hatte, Teo Otto, von dem die Ausstattung stammte, und Ernst Ginsberg, der Dürrenmatts nächstes Stück, *Der Blinde*, inszenierte.

«Der Blinde. Ein Drama»

Die Uraufführung fand am 10. Januar 1948 im Stadttheater Basel statt. Schon *Es steht geschrieben* hatte Dürrenmatt für Basel bestimmt gehabt. Das Theater war aber dem Aufwand, den das Stück erforderte, nicht gewachsen und hatte es an Zürich weitergereicht. Speziell für Horwitz und Ginsberg, die beide in Basel arbeiteten, schrieb er *Der Blinde*.

Der blinde Herzog hält die Welt für schön, fruchtbar, intakt und sich selbst für reich und mächtig. Er ist glücklich, über glückliche Menschen zu herrschen. Die Welt, hier gegen Ende des Dreißigjährigen Krieges, ist in Wirklichkeit, der Zuschauer sieht es, zerstört, kaputt, nicht wiederaufzubauen, und die Menschen sind Gesindel, Verräter, Sadisten, am Rande des Bankrotts, des Untergangs. *Mörder, Zauberer, Falschmünzer und Huren lassen sich auf dieses erbärmliche Stück Erde nieder und falten die Flügel wie Fledermäuse.* So stellt der italienische Edelmann Negro da Ponte, General Wallensteins, dem Publikum sein «Heer» vor. *Sie sind gekommen, einen Blinden auf das Folterbett zu spannen, lüstern die spitzen Zähne in sein Fleisch zu schlagen. / So kommt denn heran, meine Mäuschen, meine Vipern...*[33] Die Zerstörung ist perfekt, und dieser hoffnungslose Zustand wird in wechselnden Konstellationen kaleidoskopartig demonstriert. Aber auch hier wie in *Es steht geschrieben*: Zustandsschilderungen, mögen sie noch so tiefgründig und pittoresk sein, sind nicht bühnenwirksam. Worauf soll der Zuschauer warten, worum bangen, um wen? Der blinde Herzog wird dem Publikum menschlich nicht nahegebracht, er

27

Ernst Ginsberg

ist eine Gestalt aus Gedanken und Prinzipien, und so ist es mit den anderen Personen, sie sind kostümierte Begriffe. Warum ernennt der blinde Herzog einen ihm unbekannten, eben jenen da Ponte, zum Statthalter seines vermeintlich blühenden Reiches, und das in der ersten Szene, kaum daß die Herren ein paar Worte gewechselt haben? Solches Geschehen ist schwer nachvollziehbar. *Der Blinde. Ein Drama* findet auf einer geistigen Ebene statt, schwebend über den Bühnenbrettern und auch über dem Publikum, das vom wahren Gehalt wenig begreift. Auch mit diesem Stück setzt sich Dürrenmatt mit dem Glauben an sich, der Gnade Gottes, auseinander. *Der Herzog*, resümiert er 1980, *befindet sich in einer existentiellen Position, wo er zwischen dem Glauben an die Sehenden und dem Zweifel an den Sehenden zu wählen hat. Indem er den Glauben an die Sehenden wählt, wird er für diese schrecklich und auf eine gespenstische Art unmenschlich: er nimmt sie beim Wort.*[34]

Und sie nehmen ihn beim Wort. Der Abschaum gaukelt dem gutgläubigen Herzog große Politik vor, mit Wallenstein an der Spitze, den radebrechend ein lallender Neger aus da Pòntes Truppe mimt. Die Regimentshure spielt dem Blinden eine Äbtissin vor, ein Wunder an Tugend und Nächstenliebe. Ein Schmierenkomödiant spielt sich als Chevalier auf, usw. Es *befiel uns*, erklärt der gerührte Herzog dem Gesindel, *als wir schon glaubten, einst unbeschwert in der Erde zu ruhen, eine Krankheit, die unseren Augen das Licht entriß, so daß die Nacht des Grabes uns umgibt, bevor wir noch in dieses hinabgestiegen sind. Uns ward große Gnade zuteil...*[35] Diese Gnade ist sein Glaube an die göttliche Gerechtigkeit. Kann nur der glauben, der die Welt und die Menschen nicht sieht?

Zwar erreicht der Versucher da Ponte, daß der Blinde die Wirklichkeit erkennt, daß er begreift, nur Spötter, Skeptiker, Gewalttäter und Sadisten sind dem Leben gewachsen. Ihn in die Verzweiflung zu stürzen und zu vernichten, gelingt dem Satan nicht. Er kann ihm den Glauben nicht nehmen. Des Blinden Schlußworte: *So liegen wir zerschmettert im Angesicht Gottes, und so leben wir in seiner Wahrheit.* Die Schlußworte da Pontes: *Ich bin an dem zugrunde gegangen, der sich nicht wehrte.*[36]

Der Blinde ließ das Publikum gleichgültig. Es reichte nicht einmal zu einem Skandal. Aber es kam in einem Privathaus zu Diskussionen über das Stück mit dem protestantischen Theologieprofessor Karl Barth, von dessen Buch «Der Römerbrief» Dürrenmatt beeindruckt war, und mit dem katholischen Theologen Hans Urs von Balthasar.

«Romulus der Große. Eine ungeschichtliche historische Komödie in vier Akten»

Am 6. August 1947 war dem Ehepaar der Sohn Peter geboren worden, und Dürrenmatt hatte sich zum Ziel gesetzt, allein mit seiner schriftstellerischen Arbeit die Familie zu ernähren, ein, wie man sich denken kann, höchst wagemutiges Unterfangen. Nach dem Mißerfolg mit *Der Blinde* konnte sich die Familie in Basel nicht mehr halten und zog am 17. Juli 1948 zur Schwiegermutter, Frau Falb, nach Schernelz am Bieler See. Die finanziellen Sorgen blieben. Vor dem Gröbsten bewahrten die Familie immer wieder Freunde und Bekannte, auch anonyme Gönner, die an Dürrenmatts Genie glaubten.

Mit dem Basler Theater war ein neues Stück abgesprochen worden, *Der Turmbau zu Babel.* Die Besetzungsliste lag vor. Die Öffentlichkeit war vorbereitet. Aber Dürrenmatt gab das auf vier lange Akte angeschwollene Manuskript, in dem er sich nicht mehr zurechtfand, in einem Anfall von Mutlosigkeit Frau Lotti zum Verheizen und stand nun ohne Stück für Basel da. Es galt, die Scharte schleunigst auszuwetzen. ... *jeden Abend holte ich im Bauernhaus, das jenseits der Straße in einer Wiese lag, Milch. Es war ein Wintermonat, Dezember oder Januar, und ich holte die Milch in tiefer Dunkelheit, doch kannte ich auch so den Weg. Während des Milchholens nun, die fünfzig Meter hin, während des kurzen Gesprächs mit dem Bauern, darauf während der fünfzig Meter, die ich zurücklegen mußte, um heimzukehren, konzipierte ich die ganze Komödie, in der Weise, daß mir als erstes die Schlußsätze jedes Aktes klarwurden: «Rom hat einen schändlichen Kaiser.» «Der Kaiser muß weg.» «Wenn dann die Germanen da sind, sollen sie hereinkommen.» «Damit hat das römische Imperium aufgehört zu existieren.» Auf diesen vier Schlußsätzen konstruierte sich die Handlung wie von selbst.*[37]

Friedrich Dürrenmatts Romulus hat zwanzig Jahre lang das Römische Reich regiert oder vielmehr nicht regiert. Sein Reich ist geschrumpft, die Germanen erobern es Stück für Stück und stehen kurz vor Rom. Romulus unternimmt nichts. Wer Macht ausübt, lädt Schuld auf sich! Anstatt noch mehr Blut zu vergießen und noch mehr Städte in Trümmer legen zu lassen, läßt er der Weltgeschichte ihren vorbestimmten unabwendbaren Lauf. Die römische Kultur ist am Ende, zu retten ist da nichts mehr. Der Kaiser züchtet Hühner, und seine Zuchterfolge bedeuten ihm mehr als das Römische Reich. Rom ist verloren, und auch er selbst ist verloren. Er rechnet mit seiner Ermordung. Niemand aus seiner Umgebung billigt sein Nichtstun. Romulus' patriotische Tochter Rea ist bereit, den verabscheuten Hosenfabrikanten germanischen Ursprungs Cäsar Rupf zu heiraten. Der macht die Heirat zur Bedingung, wenn er mit seinen Milliarden Rom vor den Barbaren retten soll. Kaiser Romulus, durchaus kein Trottel, sondern ein charakterfester Philosoph, sagt nein! Rea ist verlobt mit einem jungen Mann, den die Germanen bis zum Nichtwiederzuerkennen geschunden haben und der selbst mit Reas Opfer einverstanden ist, aus Staatsräson. Nichts ist dem Kaiser widerlicher als das. Der Kaiser ist allen im Weg. Ihn umzubringen mißlingt. Germanenkönig Odoaker steht vor der Tür – zur Überraschung aller kein Berserker, sondern ein Friedensfreund und Hühnerzüchter wie Romulus. Kaiser und König verstehen sich. Von Ermordung kann keine Rede sein. Odoaker bietet Romulus die Herrschaft über Germanien an: damit die Germanen nicht allzu üppig, heldenhaft und eroberungssüchtig werden. Odoaker befürchtet: *Ein zweites Rom wird entstehen, ein germanisches Weltreich, ebenso vergänglich wie das römische, ebenso blutig.*[38] Romulus lehnt ab. Der Mensch hat wenig Einfluß auf den Gang der Geschichte, er ist nur Werkzeug, Vollstrecker. Romulus geht, für zwanzig Jahre Nichtstun, in Pension. Seine Sippschaft, einschließlich Frau und Tochter, zu Schiff auf der Flucht nach Sizilien, ertrinkt. Romulus bleibt bei seinen Hühnern.

Dieser Romulus Augustulus (kleiner Augustus) hat wirklich gelebt, aber nur ein Jahr regiert, von seinem 16. bis zu seinem 17. Lebensjahr, 475–476. Am 28. August 476 wurde er von Odoaker abgesetzt, ausreichend dotiert mit einer Leibrente von 6000 Goldmünzen und der Villa des Lukullus in Campanien als Ruhesitz. Aus dem einen Regierungsjahr machte Dürrenmatt zwanzig. Die Komödie, die innerhalb von 24 Stunden spielt, mußte einen Anlauf haben, einen geschichtlichen Hintergrund.

An fast allen seinen Stücken hat Dürrenmatt nach der Uraufführung weitergearbeitet. Von *Romulus der Große* bestehen zwei vierte Akte.

Geht der Kaiser in der ersten Fassung ohne Widerspruch in Pension, bäumt er sich in der zweiten dagegen auf. Er will sich opfern: *Ich gab mir das Recht, Roms Richter zu sein, weil ich bereit war, zu sterben. Ich verlangte von meinem Land ein ungeheures Opfer, weil ich mich selbst als Opfer einsetzte.* Es erscheint Odoaker mit seinem Neffen Theoderich. Er fürchtet (was später geschah), daß der ihn töten und ein neues blutiges Weltreich errichten werde: *Ein ganzes Leben lang suchte ich die wahre Größe des Menschen, nicht die falsche, nicht die Größe meines Neffen, den sie einmal Theoderich den Großen nennen werden.*[39] Zwei Idealisten wollen Schicksal spielen und stehen vor einem Scheiterhaufen. Romulus: *Die Wirklichkeit hat unsere Ideen korrigiert.*[40]

Das Stück wurde am 23. April 1949 in Basel uraufgeführt. Regie: Ernst Ginsberg, Romulus: Kurt Horwitz; nachgespielt im selben Jahr in Zürich und Göttingen, später auch an anderen Bühnen. Aber der Erfolg hielt sich in Grenzen, besonders bei den Kritikern. Den meisten mißfielen die sich wiederholenden Anachronismen, und die Personen waren «lediglich

«*Romulus der Große*» (Neufassung), Zürich 1957

«Pointenvollstrecker»[41]. In seiner *Anmerkung* zur Buchausgabe 1957 verwahrt sich Dürrenmatt dagegen, daß sein *Romulus* nur auf Pointe gespielt wird. Er will Menschen auf der Bühne sehen, keine Marionetten. *Menschlichkeit ist vom Schauspieler hinter jeder meiner Gestalten zu entdecken, sonst lassen sie sich gar nicht spielen. Dies gilt für alle meine Stücke.*[42] Vielleicht hatte man für *Romulus* den neuen, den zwischen Realismus und Ironie schwebenden Dürrenmattschen Ton noch nicht gefunden. Es wird ja keine Illusion geboten, es wird bewußt Komödie gespielt. Die Personen stehen über ihren Rollen. Romulus und seine Mitspieler reden zuweilen über sich, als redeten sie über Theatergestalten, der Autor läßt sie dann nicht aus sich heraus sprechen, sondern spricht durch sie über sie.

Noch 1975 beklagte er, daß er als Zyniker verschrien sei, *weil man die Probleme, die ich zeige, gar nicht ernst nehmen will. Man hat zum Beispiel nie das Problem diskutiert, das beim «Romulus» gestellt wird: Haben wir überhaupt noch das Recht, uns zu wehren und zu verteidigen mit unserer Geschichte? Das ist nie ernst genommen worden; die Frage wird auf dem Theater gestellt, doch die Kritiker nehmen sie nicht auf. Warum? Es ist eine sehr unbequeme Frage.*[43]

Den Dingen ihren Lauf zu lassen ist nun nicht jedermanns Sache. Viele versuchen, den Sturz aufzuhalten, machen sich die Hände schmutzig und blutig und bewirken nichts. Der Mensch erliegt der Eigengesetzlichkeit des Weltgeschehens. Was kann er tun? Nichts, sagt Dürrenmatt. Er kann nur auf seine Haltung achten, auf daß er wie Romulus eine gute Figur macht.

«Der Richter und sein Henker»

Im Spätsommer 1949 mußte Frau Lotti, als sie kurz vor der Geburt ihres zweiten Kindes stand, in einer Klinik behandelt werden. Das kostete Geld. Dürrenmatt, zuckerkrank, mußte in dasselbe Krankenhaus. Die Familie stand vor einer finanziellen Katastrophe. Dürrenmatt besann sich auf sein Erzähltalent. *Da habe ich jeden Verleger, den ich kannte, angerufen und ihm eine Geschichte erzählt, die ich als Roman oder Erzählung schreiben würde. Ich muß zu meiner Ehre sagen, jedem erzählte ich eine andere Geschichte. Und am Abend war ich finanziell aus dem Schlimmsten heraus.*[44] Von allen Seiten trafen Vorschüsse ein. Keine der vorgetragenen Geschichten wurde geschrieben. Die Auftraggeber hatten Verständnis, nur einer verlangte sein Geld zurück. Am 19. September wurde Tochter Barbara geboren. Nun wurde es bei der Schwiegermutter zu eng, und die Familie mietete ein Haus oberhalb Ligerz am Bieler See.

1950 bot ihm die Wochenzeitschrift «Der Schweizerische Beobachter» an, einen Fortsetzungsroman zu schreiben. Als Dürrenmatt mit einem

Mit dem Regisseur Franz Peter Wirth bei Dreharbeiten
zum Film «Der Richter und sein Henker», 1956

Vorschuß von 500 Franken nach Haus kam, glaubte Frau Lotti, er habe das Geld gestohlen. Während er über seinen *Theaterproblemen* (Komödientheorie) brütete und die ersten beiden Akte seines nächsten Stücks, *Die Ehe des Herrn Mississippi*, skizzierte, schrieb er für den «Beobachter» den Kriminalroman *Der Richter und sein Henker*, der vom 15. Dezember 1950 bis zum 31. März 1951 in acht Folgen erschien. Um des Geldes willen geschrieben, ist er gleichwohl ein Meisterwerk. Für die

Buchausgabe überarbeitet, wurde er ein Welterfolg. Bis heute sind weit über eine Million Exemplare verkauft worden.

Genrebewußt beginnt der Krimiautor mit einer Leiche. Kommissär Tschanz erschießt seinen Kollegen Schmied – aus Neid über dessen Bildungsgang und Karriere. Das aber durchschaut nur Kommissär Bärlach, Chef der beiden. Dem Leser wird es Schritt für Schritt enthüllt. Bärlach übernimmt den Fall und beauftragt Tschanz, sich an der Suche des Mörders, also nach sich selbst, zu beteiligen.

Der Krimi hat eine weitere Dimension. Vor 40 Jahren hat Bärlach, als Kriminalist an der Hohen Pforte mit einem jungen Gangster, der das Verbrechen zu seinem Lebensprinzip erhoben hatte, eine Wette abgeschlossen: ihn eines Tages zur Strecke zu bringen. Bärlach steht auf dem Standpunkt, ein Verbrechen sei nichts als *eine Dummheit, weil es unmöglich sei, mit Menschen wie mit Schachfiguren zu operieren*. Den Zufall, der in alles hineinspiele, könne der Verbrecher in seine Überlegungen nicht einbeziehen. Der junge Gangster setzte dagegen, *daß gerade die Verworrenheit der menschlichen Beziehungen es möglich mache, Verbrechen zu begehen, die nicht erkannt werden könnten, daß aus diesem Grunde die überaus größte Anzahl der Verbrechen nicht nur ungeahndet, sondern auch ungeahnt seien, als nur im Verborgenen geschehen*[45]. Mit dieser Maxime ist er bisher glänzend gefahren. Nun ist der Mann im Lande, nennt sich Gastmann, bewohnt eine Prunkvilla, veranstaltet Hauskonzerte und vermittelt zwischen Schweizer Industriellen und Abgesandten der Sowjet-Union dubiose, aber nicht verbotene, «nur» moralisch verwerfliche Geschäfte; es handelt sich um Waffenlieferungen, von denen die Öffentlichkeit nichts erfahren soll. Bärlach, kurz vor seiner Pensionierung und todkrank, muß sich in drei Tagen operieren lassen, wenn er noch ein Jahr leben will. In diesen drei Tagen schafft er es, daß Mörder Tschanz Gangster Gastmann tötet: eine von Bärlach, das heißt von Dürrenmatt raffiniert ausgeklügelte Hinrichtung. Kommissär Bärlach spielt sich als Richter auf, und Tschanz ist sein Henker.

In dieser ungewöhnlichen Detektivgeschichte wird nicht Gut und Böse gegeneinandergestellt, ein moralisch hochstehender Kommissär gegen einen verruchten Verbrecher, hier ist auch der Kommissär kein ganz einwandfreier Charakter. Bärlach will eine Wette gewinnen und Gastmann zur Strecke bringen, auch wenn er ihm kein Verbrechen nachweisen kann. Gastmann scheint den Tod verdient zu haben. Bärlachs Treibjagd sieht nach Anarchie aus, Selbstjustiz. Aber der Gerechtigkeit, wenn auch nicht dem Gesetz, wird Genüge getan.

Die wohlkomponierte Handlung scheint zu beweisen, daß der Autor nach einem Plan gearbeitet, daß er dieses Erzählwerk vom Endeffekt her aufgebaut, dann erst Fortsetzung für Fortsetzung geschrieben hat. Dürrenmatt, war der Plan erst einmal gemacht, muß Freude an der Ausarbeitung gehabt haben. Stellenweise übertreibt er derart stark, daß der Leser nicht mehr weiß: Ist das noch ernst gemeint? Natürlich nicht. Während er einen Krimi schreibt, parodiert er dieses Genre zugleich, und einige Personen sind ihm zu belustigenden Karikaturen geraten. Die Handlung spielt in Bern und in der Landschaft westlich des Bieler Sees, wo Dürrenmatt wohnte. Er tritt denn auch selbst auf, in seinem Arbeitszimmer in Ligerz, jedoch nur schattenhaft, er hockt im Gegenlicht einer winzigen Fensternische, wenn Bärlach und Tschanz ihn verhören. Als häufiger Besucher Gastmanns weiß dieser Schriftsteller über dessen internationale Umtriebe vielleicht Bescheid. Aber er besucht die Prunkvilla nur der ausgesuchten Mahlzeiten wegen. Der Autor im Buch wie der des Buchs ist Feinschmecker, und das Verhör gipfelt in einem Schwärmen mit Bärlach über erlesene Gerichte und Weine. Man kann das Buch als Satire lesen. Dürrenmatt verspottet mit Lust und Liebe – nun, man kann sagen, die ganze Schweiz, die Spießer, Künstler, Polizisten, Politiker und Gangster.

Auch in Dürrenmatts zweitem Kriminalroman, *Der Verdacht*, den er 1952 für den «Schweizerischen Beobachter» schrieb, spielt die Hauptrolle Kommissär Bärlach.

«Der Verdacht»

Bärlach, mit Erfolg operiert, findet, im Krankenbett liegend, in einer Nummer der amerikanischen Zeitschrift «Life» von 1945 ein Foto vom Vernichtungslager Stutthof bei Danzig: Lagerarzt Nehle operiert ohne Narkose. Nehle versprach den Häftlingen die Freiheit, wenn sie sich, angeblich im Dienste der Wissenschaft, ohne Narkose von ihm operieren ließen. Aber es kam nur sehr selten einer mit dem Leben davon. In dem Arzt glaubt Bärlach den Eigentümer und Leiter der Zürcher Prominentenklinik «Sonnenstein» Dr. Emmenberger zu erkennen.

Bärlachs Gegenspieler ist ein Gastmann konträrer Verbrechertyp. War Gastmann eine zwielichtige Erscheinung, ist Emmenberger das total Böse, die Verkörperung des sadistischen Faschismus. Das Sensationsfoto hat unter Lebensgefahr der Häftling Gulliver geschossen, ein von Emmenberger ebenfalls ohne Narkose operierter Jude, den Bärlach kennt, eine riesenhafte Gestalt voller Narben und Verkrüppelungen, überlebensgroß und unbehaust, in weitem Kaftan, in dem er auch schläft, sich immerwährend mit Wodka betäubend und zugleich am Leben erhaltend, eine Märchen- und Symbolfigur, die vornehmlich durch Fenster einsteigt und sich auch wieder entfernt. Mit Hilfe von Gulliver und anderer Freunde des Kommissärs wird der Chefarzt Emmenberger in einem heimlichen Ermittlungsverfahren als SS-Folterknecht Nehle identifiziert. Verwunderlich, daß Dürrenmatt einen Schweizer zum Naziarzt macht. Der Name Emmenberger erinnert zudem an Dürrenmatts Geburtsdistrikt Emmental. Schon in dem ersten Kriminalroman stammten zwei stupid-dreiste Gorillas Gastmanns aus dem Emmental. Dürrenmatt scheint auf das Land seiner Kindheit mit Abscheu zurückzublicken. *Der Verdacht* ist nicht zuletzt ein Angriff auf das selbstgerechte Schweizer Bürgertum. Dürrenmatt läßt Bärlach sagen: *Was in Deutschland geschah, geschieht in jedem Land, wenn gewisse Bedingungen eintreten. Diese Bedingungen mögen verschieden sein. Kein Mensch, kein Volk ist eine Ausnahme.*[46]

Bärlach läßt sich als Rekonvaleszent in die Höhle des Löwen verlegen, inkognito, aber ohne Rückendeckung. Die Entlarvung und Verhaftung Emmenbergers soll sein letztes Meisterstück sein. Doch anläßlich Bärlachs bevorstehendem Dienstaustritt erscheint in der Zeitung «Der Bund» sein Bild, und Emmenberger weiß nun, wer der neue Patient ist, und errät, was er im Schilde führt. Bei der Pensionierung eines prominenten Beamten pflegt eine kleine Würdigung mit Bild zu erscheinen. Das hatte der sonst so gewitzte Kriminalist nicht bedacht.

Emmenberger läßt Bärlach in den Operationssaal verlegen. Bärlach soll, wie jene Häftlinge in Stutthof, lebendigen Leibes seziert, getötet werden. Das ohne Narkose Zu-Tode-Sezieren war und ist Emmenbergers Leidenschaft. Seine moribunden Patienten sind Bankiers, Industrielle und Politiker, deren Mätressen und Witwen, die sich dem mörderischen Chirurgen in der trügerischen Hoffnung überlassen, ihr Leben um ein paar Tage oder auch nur Stunden zu verlängern, und viele setzen ihn aus Dankbarkeit zum Universalerben ein. Der Kommissär, ein Opfer seines Gerechtigkeits- und Leichtsinns, liegt dem Operationstisch gegenüber im Bett, durch Spritzen gelähmt, es ist Abend, und morgen früh pünktlich um sieben soll das mörderische Operieren beginnen. Wird Bärlach aus der Folterkammer lebend herauskommen?

Ihm gegenüber hängt eine Uhr, und Frau Dr. Marlok, Emmenbergers Komplicin, macht sich über den Rächer der Gemarterten lustig: *ein schönes Skelett.* Die ehemalige idealistisch gesinnte Kommunistin vertraut sich ihm an. *Ich war wie Sie entschlossen, Kommissär, gegen das Böse zu kämpfen bis an meines Lebens seliges Ende.*[47] Als sie nach dem Stalin-Hitler-Pakt den Russen in die Hände fiel und von ihnen der SS ausgeliefert wurde, begann sie zu zweifeln, nicht nur an den «ausführenden Staatsorganen», *auch an der Idee des Kommunismus selbst, der doch nur einen Sinn haben kann, wenn er eins ist mit der Idee der Nächstenliebe und der Menschlichkeit*[48]. Die Ärztin kam als Gefangene ins KZ Stutthof, wurde Emmenbergers Geliebte und glaubt an nichts mehr, an kein Ideal, an kein Gesetz. *Wenn wir Gesetz sagen, meinen wir Macht; sprechen wir das Wort Macht aus, denken wir an Reichtum, und kommt das Wort Reichtum über unsere Lippen, so hoffen wir, die Laster der Welt zu genießen. Das Gesetz ist das Laster, das Gesetz ist der Reichtum, das Gesetz sind die Kanonen, die Trusts, die Parteien...*[49] Die Ärztin wieder konkret: *Alles, was Emmenberger in Stutthof tat, in dieser grauen, unübersichtlichen Barackenstadt auf der Ebene von Danzig, das tut er nun auch hier, mitten in der Schweiz, mitten in Zürich, unberührt von der Polizei, von den Gesetzen dieses Landes, ja, sogar im Namen der Wissenschaft und der Menschlichkeit; unbeirrbar gibt er, was die Menschen von ihm wollen: Qualen, nicht als Qualen.*[50] Bärlach schreit, man müsse diesen Menschen abschaffen. *Dann müssen Sie die Menschheit abschaffen,* kontert die Ärztin. Längst hat sie es aufgegeben, zwischen Ja und Nein und Gut und Böse zu unterscheiden. Dazu sei es zu spät, nicht nur für sie, für die Welt. *Die Welt ist faul, Kommissär, sie verwest wie eine schlecht gelagerte Frucht.*[51] Der Alte, erschöpft, bittet sie, ihn zu verlassen. *Sie wollen das Schlechte bekämpfen und fürchten sich vor dem C'est ça, sagte sie*[52] und läßt den Alten allein.

Mag die Handlung an manchen Stellen gewaltsam konstruiert, nach den Regeln der Schauer- und Gruselliteratur zusammengeschustert wirken, Marloks und Emmenbergers Dialoge mit Bärlach gehören zu den Höhepunkten des Dürrenmattschen Gesamtwerks. Sie enthalten Marloks und Emmenbergers Credo, dem der Kommissär außer Schweigen und Stöhnen nichts entgegenzusetzen hat. Also hat auch wohl Dürrenmatt nichts zu erwidern. Sonst hätte der Pastorensohn es Bärlach in den Mund gelegt.

Emmenberger geht einen Schritt weiter als Marlok. Kann Bärlach, will Emmenberger wissen, seinen Beruf, Verbrecher zu jagen, rechtfertigen, indem er an das Gute glaubt? Sollte er sonst nicht besser geschehen lassen, was geschieht? Natürlich glaubt der Durchschnittsmensch an irgend etwas – *wenn auch recht dämmerhaft, als wäre ein ungewisser Nebel in einem* – an so etwas wie *Menschlichkeit, Christentum, Toleranz, Gerechtigkeit, Sozialismus und Nächstenliebe, Dinge, die etwas hohl klingen, was man ja zugibt...*[53]

Bärlach wirft Emmenberger vor, er sei ein Nihilist. Er, wehrt sich der Arzt, sei viel weniger ein Nihilist *als irgendein Herr Müller oder Huber, der weder an einen Gott noch an keinen glaubt, weder an eine Hölle, noch an einen Himmel, sondern an das Recht, Geschäfte zu machen – ein Glaube, den als Credo zu postulieren sie aber zu feige sind.*[54] Und was ist Emmenbergers Credo?... *ich glaube, daß ich bin, als ein Teil dieser Materie, Atom, Kraft, Masse, Molekül wie Sie, und daß mir meine Existenz das Recht gibt, zu tun, was ich will. Ich bin als Teil nur ein Augenblick, nur Zufall, wie das Leben in dieser ungeheuren Welt nur eine ihrer unermeßlichen Möglichkeiten ist, ebenso Zufall wie ich – die Erde etwas näher bei der Sonne, und es wäre kein Leben –, und mein Sinn besteht darin, nur Augenblick zu sein.*[55]

Durch das ganze Werk Dürrenmatts zieht sich seine Theorie vom Zufall. Emmenberger beruft sich sogar auf kosmische Zufälligkeiten. Daß der Zufall regiert, ist doch nur eine Ausrede. Gewiß gibt es die «Macht des Schicksals», der der einzelne hoffnungslos ausgeliefert ist. Nicht alles

Aus Dürrenmatts Buch «Die Heimat im Plakat», 1963

ist berechenbar. Bei Dürrenmatt wird, so scheint es, der Zufall als Alibi
für Schwäche, Verantwortungslosigkeit, Verbrechen gebraucht. Aber
nicht der Zufall ist entscheidend, sondern wie der einzelne auf das Unvor-
hergesehene, Unvorhersehbare reagiert, ob er mit Intelligenz und Ent-
schlossenheit den Zufall sogar für seine Zwecke zu nutzen, ob er drohen-
des Unrecht abzuwehren und in Recht zu verkehren versteht. Der Zufall
kann eine stimulierende, klärende Rolle spielen, im Endeffekt. Man fragt
sich, warum Bärlach nicht wenigstens gegen die weithergeholte, auf die
Spitze getriebene Glorifizierung des Zufalls durch Emmenberger prote-
stiert.

Emmenberger findet es unsinnig, geradezu lächerlich, an einen Huma-
nismus zu glauben und nach dem Wohl der Menschheit zu trachten. *Es
gibt keine Gerechtigkeit – wie könnte die Materie gerecht sein –, es gibt nur
die Freiheit, die nicht verdient werden kann, da müßte es eine Gerechtigkeit
geben –, die nicht gegeben werden kann – wer könnte sie geben –, sondern*

die man sich nehmen muß. Die Freiheit ist der Mut zum Verbrechen, weil sie selbst ein Verbrechen ist.

Sie glauben an nichts als an das Recht den Menschen zu foltern! ruft ihm der Kommissär zu, *zusammengekrümmt, ein verendendes Tier.*

Der Arzt ist über soviel Verständnis entzückt: *Ich wagte es, ich selbst zu sein und nichts außerdem, ich gab mich dem hin, was mich frei machte, dem Mord und der Folter; denn wenn ich einen anderen Menschen töte – und ich werde es um sieben wieder tun...*[56] Zu foltern ist für Emmenberger das höchste der Gefühle, dafür lebt er; über den Gemarterten gebeugt, fühlt er sich gottgleich, allmächtig, Herrscher der Welt.

Nun kommt Dürrenmatts genialer Einfall, ein Beispiel für die Konsequenz seines Denkens: die Möglichkeit zum «Glücksumschwung». Der Arzt verspricht, Bärlach freizulassen, wenn er einen gleich großen, bedingungslosen Glauben wie er besitzt. Er sei doch Christ, getauft! Der Getaufte weiß nichts zu sagen. Der Arzt beschwört ihn: *Sagen Sie: Ich glaube an die Gerechtigkeit und an die Menschheit, der diese Gerechtigkeit dienen soll... Sagen Sie doch dies ... und Sie sind frei.* Der Arzt drängt. *Ich kann Sie töten, ich kann Sie freilassen, was meinen Tod bedeutet.*[57] Der Folterer hat eine neue Freiheit entdeckt. *Ich habe einen Punkt erreicht, von dem aus ich mit mir wie mit einer fremden Person umzugehen vermag. Ich vernichte mich, ich bewahre mich.*[58] Der Arzt gerät außer sich. Er braucht einen Gegenspieler. Aber Bärlach schweigt. Er starrt auf die Uhr. Angeekelt überläßt der Arzt den Todgeweihten sich selbst.

Die Diskussion geht weiter. Mit Gulliver, der als deus ex machina durchs Fenster steigt und den sadistischen Arzt ermordet.

Gulliver, der, wie Dürrenmatt, daran zweifelt, daß der einzelne etwas ausrichten kann und auch den Massenbewegungen und Parteien mißtraut, spricht das Schlußwort des Romans: *So sollen wir die Welt nicht zu retten suchen, sondern zu bestehen, das einzige wahrhafte Abenteuer, das uns in dieser späten Zeit noch bleibt.*[59] In dieser späten Zeit... Wird das Weltende als nahe bevorstehend angenommen?

Der Verdacht erschien im «Beobachter» vom September 1951 bis zum Februar 1952. In Ligerz schrieb Dürrenmatt die beiden Kriminalromane, Theaterkritiken für die in Zürich erscheinende «Weltwoche», die Komödie *Die Ehe des Herrn Mississippi*, das Hörspiel *Der Prozeß um des Esels Schatten* und die Erzählungen *Der Tunnel, Der Hund* und *Die Stadt.*

«Die Stadt». Erzählungen

Unter dem Titel *Die Stadt* erschien 1952 ein Sammelband mit den Erzählungen *Weihnacht, Der Folterknecht, Das Bild des Sisyphos, Der Theaterdirektor, Die Stadt, Die Falle, Der Hund, Der Tunnel* und *Pilatus*. Es war sehr schwer gewesen, einen Verleger zu finden. Peter Schifferli end-

«Kreuzigung I». Federzeichnung von Dürrenmatt, 1939

lich griff zu – und lobte zeitlebens diesen Entschluß. Dürrenmatt wurde Hauptautor seines Zürcher Verlags Die Arche. Der Sammelband begann mit *Weihnacht* von 1942 und schloß mit *Pilatus* von 1946. Die Folge begann mit dem erfrorenen Christkind im Schnee und endete mit dem toten Christus am Kreuz.

Am Einführungsabend zur Uraufführung von *Es steht geschrieben* anno 1947, veranstaltet vom Zürcher Theaterverein, hatte Kurt Horwitz die Erzählung *Pilatus* vorgelesen. Die Passion Jesu Christi wird aus der Sicht des Pilatus wiedergegeben. Pilatus erkennt auf den ersten Blick, daß der ihm vorgeführte Gefangene ein Gott ist, hat aber eine ganz andere Vorstellung von einem Gott. Er erwartet einen griechischen Heros, der die Menschen, seine Feinde, eine Weile gewähren, sich demaskieren läßt, dann niedermacht und in vollem Glanz dasteht. Pilatus ist unfähig, einen Gott, der ein demütiger Mensch geworden ist, dieses Paradox zu begreifen. Um den Gott zu reizen, endlich seine wahre Gestalt anzunehmen, gibt er die Befehle zur Geißelung und Kreuzigung. Golgatha hinaufreitend, erwartet er, den neuen Gott in Glorie neben dem Kreuz stehen zu sehen, inmitten seiner getöteten Feinde, und sieht einen Elendsmann am Kreuz hängen. Drei Tage später starrt er ins leere Grab. Pilatus – stellvertretend für wen? – spürt, daß er verloren hat, verloren ist. ... *denn alle Dinge*, heißt es im Text, *waren nur da, weil Gott da war und er und nichts anderes, und waren da, weil es zwischen Gott und Mensch keine Verständigung gibt als den Tod, und keine Gnade als den Fluch, und keine andere Liebe als den Haß.*[60] Dies ist eine von des Autors frühen provozierenden Widersprüchlichkeiten, bei denen das eine Wort das andere aufhebt und nichts übrigbleibt.

Mit einem ähnlich schwierigen, auf Anhieb nicht jedermann verständlichen Rätselsatz endete die Erzählung *Der Tunnel*. Sie beginnt mit einem satirischen Selbstporträt des Autors. *Ein Vierundzwanzigjähriger, fett, damit das Schreckliche hinter den Kulissen, welches er sah (das war seine Fähigkeit, vielleicht seine einzige), nicht allzu nah an ihn herankomme, der es liebte, die Löcher in seinem Fleisch, da doch gerade durch sie das Ungeheuerliche hereinströmen konnte, zu verstopfen, derart, daß er Zigarren rauchte (Ormond-Brasil 10) und über seiner Brille eine zweite trug, eine Sonnenbrille, und in den Ohren Wattebüschel: Dieser junge Mann, noch von seinen Eltern abhängig und mit nebulosen Studien auf einer Universität beschäftigt, die mit einer zweistündigen Bahnfahrt zu erreichen war, stieg eines Sonntagnachmittags in den gewohnten Zug, Abfahrt siebzehnuhrfünfzig, Ankunft neunzehnuhrsiebenundzwanzig, um anderntags ein Seminar zu besuchen, das zu schwänzen er schon entschlossen war. Die Sonne schien...*[61] Sie scheint zum letztenmal für die Insassen des Eilzuges Bern–Zürich. Ein kurzer, sonst kaum beachteter Tunnel hinter Burgdorf nimmt auf dieser Fahrt kein Ende. Der Zug rast, ohne daß das Personal eine Erklärung dafür hätte, ins Erdinnere, von Minute zu Minute schneller und steiler hinab. Der Lokomotivführer ist beizeiten abgesprungen. Der Zugführer weiß keinen Rat, gerät in Panik, obgleich er, wie er sagt, schon *immer ohne Hoffnung gelebt*[62] hat. Die Reisenden lesen, spielen Schach, prosten einander zu, unterhalten sich, brechen in Gelächter aus. Gegenüber ihrem Untergang verhält sich die Menschheit gleichgültig.

Sechsundzwanzig Jahre später, 1978, hat Dürrenmatt den Schlußteil für eine Neuausgabe geändert. 1952 hieß es: ... *schon hatte uns der Schacht nach der Tiefe zu aufgenommen, und so rasen wir denn wie die Rotte Ko-*

rah in unseren Abgrund.[63] 1978 fehlt der Vergleich mit der Rotte Korah.
Die fuhr, laut 4. Buch Moses, Kapitel 16, Vers 33 und 34, «hinunter lebendig in die Hölle mit allem, das sie hatten, und die Erde deckte sie zu, und
kamen um aus der Gemeine. Und ganz Israel, das um sie her war, floh vor
ihrem Geschrei; denn sie sprachen: Daß uns die Erde nicht auch ver-
schlinge!» – 1952 senkte sich die Lokomotive weiter hinab, *um nun in
fürchterlichem Sturz dem Innern der Erde entgegenzurasen, diesem Ziel
aller Dinge*... 1978 ist das Erdinnere nicht mehr das Ziel aller Dinge.
Diese Redewendung ist gestrichen. – 1952 hieß es: *«Was sollen wir tun?»
schrie der Zugführer durch das Tosen der ihnen entgegenschnellenden Tun-
nelwände hindurch dem Vierundzwanzigjährigen zu*... *«Nichts», antwortete der andere unbarmherzig, ohne sein Gesicht vom tödlichen Schauspiel
abzuwenden, doch nicht ohne eine gespensterhafte Heiterkeit, von Glas-
splittern übersät*... *«Nichts. Gott ließ uns fallen und so stürzen wir denn
auf ihn zu.»*[64] 1978 heißt es nur noch: *«Nichts.»*[65] Ein Gott, der uns fallen
läßt und auf den wir gleichzeitig zustürzen, war dem Autor doch ein wenig
zu spekulativ geworden. Für Dürrenmatt gab es jetzt überhaupt nichts
mehr, nicht einmal mehr diesen ungenauen Gott.

In der Erzählung *Der Hund* gesellt sich zu einem Heilsprediger ein
Wolfstier *von tiefschwarzer Farbe und glattem, schweißbedecktem Fell.
Seine Augen waren schwefelgelb, und wie es das riesige Maul öffnete, bemerkte ich mit Grauen Zähne von ebenderselben Farbe, und seine Gestalt
war so, daß ich sie mit keinem der lebenden Wesen vergleichen konnte.*[66]

Dürrenmatts Verhältnis zu Hunden ist zwiespältig. 1935, als die Familie
nach Bern gezogen war, ging er, vierzehnjährig, mit einem Wolfshund
spazieren, mit dem sonst niemand umzugehen wußte. Er führte das Tier
an einer Kette, aber plötzlich schlug ein Mann auf die Latten eines Zauns,
das gab ein Geräusch wie von einer Knarre. Der Hund fühlte sich be-
droht, griff den Jungen an, verbiß sich in dessen Arme und Beine. Fritz
schrie, die Balkone der Mietshäuser ringsum füllten sich mit Schaulusti-
gen. Niemand half. In dem Film von Charlotte Kerr erzählt Dürrenmatt,
wie er in diesem Augenblick den Hund gehaßt habe, mit einem Haß, der
etwas Neues für ihn war, auch später habe er niemanden und nichts so
gehaßt wie dieses Tier. Seine Mutter lief herbei und warf sich zwischen
Hund und Sohn.

Unter dem nachwirkenden Eindruck dieses Erlebnisses, so Dürrenmatt, habe er die Erzählung *Der Theaterdirektor* geschrieben: Ein
Mensch wird vor begeisterten Zuschauern grausam zerfleischt, von einer
eigens zu diesem Zweck konstruierten Maschine. Auch die Erzählung
Der Hund geht auf das Jugenderlebnis zurück. Der Hund, Symbol des
Bösen, das sich stets dem Guten zugesellt, zerfetzt schließlich den Heilsprediger. Nun heftet sich das Untier an dessen unschuldsreine Tochter.
*Ihr zur Seite, ein dunkler Schatten, sanft und lautlos wie ein Lamm, ging
der Hund mit gelben, runden, funkelnden Augen.*[67] Der Autor läßt den

«Zorniger Gott». Federzeichnung von Dürrenmatt, 1976

Leser mit der Frage zurück: Wann wird der Hund auch das Mädchen zer-
fleischen? Daß dies geschehen wird, steht außer Frage. Es entspricht dem
Lauf der Welt. Das Böse vernichtet das Gute.

Die Falle, 1946 entstanden, war 1950 unter dem Titel *Der Nihilist* in der
Holunderpresse Horgen-Zürich erschienen. Der Nihilist vertraut dem
Erzähler seine Selbstmordabsichten an. Er erschießt aber eine Frau, nicht
sich selbst. Auch dies vertraut er dem Erzähler an, macht ihn so zum
Mitwisser seines Verbrechens, will ihn beseitigen, findet dann doch die
Kraft, sich selbst zu erschießen. Hauptteil der Geschichte ist die Wieder-
gabe eines Traums des Nihilisten, eine überwältigende Untergangsvision
Dürrenmatts. Der Nihilist träumt von einer nach allen Seiten grenzenlosen

Treppe. *Über die Treppe wälzten sich Menschen hinab, unter ihm, auf gleicher Höhe und über ihm, in ungeheurer Zahl. Er war in ihnen wie in einem Strom, eine Welle unter Wellen, und wußte, daß er seit Anbeginn der Zeit ein Teil dieses Stromes war und daß seine Bahn nichts anderes sein konnte als ein einziger Abstieg in die Tiefe vor ihm.*[68] Vor der Höllenglut am Fuße der Treppe zurückschaudernd, stemmt er sich der hinabstürzenden Menschheit entgegen und steigt die Treppe wieder empor. *Er war durch nichts in seinem Aufstieg behindert als durch sich selbst.*[69] Oben angekommen, in den eisigen, glitschigen und finsteren Höhen völlig allein, fällt er mit einem Schrei um Gnade ins Nichts.

Die Stadt wurde 1946 geschrieben, 1951 überarbeitet. Im Nachwort zum Sammelband von 1952 schreibt Dürrenmatt, es sei *unschwer zu erkennen, daß hinter der «Stadt» Platons Höhlengleichnis steht*[70] *.

Der Ich-Erzähler schildert die Stadt, ihre Menschenmassen, ihre gesellschaftliche Struktur: Verwaltung, Arbeiterheere, Gefangene, Wärter. Aus nichtigem Anlaß entsteht ein Aufstand, der Erzähler läuft mit. Aber der Aufstand gegen die unsichtbare Verwaltung löst sich auf, als sei nichts gewesen. Im ersten Teil empört sich der Erzähler über die Stadt, im zweiten tritt er in ihre Dienste. Er wird Wärter in einem unterirdischen Gefängnis. Als Beobachtungsposten wird ihm eine Nische zugewiesen. Aber Wärter und Gefangene tragen die gleiche Uniform! Vielleicht ist er nicht Wärter, sondern Gefangener. Zwischen Hybris – *Es erfaßte mich eine wilde Freude, die einem jähen Gefühl unermeßlicher Macht entsprang, die mich zum Gott der Kreaturen machte, die vor mir in ihren Nischen zitterten*[71] – und Verzweiflung, niemals hinter den Sinn seiner Position kommen zu können, verbringt er seine Zeit in dem gekrümmten Gang, im phosphoreszierenden Lichtschimmer, umhuscht von Schatten. Was ist Wirklichkeit, was Illusion? Ist er gefangen oder frei? Von welchen Zwängen ist der Wärter in dem Halbdunkel beherrscht? Er ist nicht, wie Platons Höhlenmensch, gefesselt. Auf den Gedanken, nach oben zu gehen, ans Licht, wie ihm freigestellt worden war, zurück zu den Auftraggebern, und sich dort Gewißheit zu verschaffen, auf diesen Gedanken kommt er wohl, macht auch Ansätze dazu, hat dann doch Bedenken, sich durch lästige Fragen unbeliebt zu machen. Er sucht sich Klarheit zu verschaffen durch Beobachtung der wechselnden Lichter und Schatten und durch Denken... Die Geschichte bricht mitten im Satz ab.

* Höhlengleichnis: Platons Vergleich des menschlichen Daseins mit dem Aufenthalt in einer unterirdischen Behausung (im 7. Buch von «Der Staat»). Mit dem Rücken zum Höhleneingang gefesselt, kann der Mensch nur auf die dem Eingang gegenüberliegende Wand sehen. Er sieht nur die Schatten der Dinge und hält diese für die Wirklichkeit. Könnte er sich umsehen und die wirkliche Welt sehen, würde er diese für unwirklich halten. Nur Schritt für Schritt würde er sich an die Wahrheit gewöhnen können. Aufgabe der Philosophen sei es, die Menschen aus der Welt des Scheins in die der Wirklichkeit zu führen, sie mit dem wahren Sein vertraut zu machen.

Anders als Kafka, der Geschichten, mit denen er nicht weiterkam, unvollendet liegenließ, greift Dürrenmatt den Stoff unter dem Titel *Aus den Papieren eines Wärters* wieder auf. 1952 werden die Stadt und das Leben in ihr noch düsterer dargestellt. Der Fremde wird von einem Verwaltungsbeamten vorgeladen. Er ist ausspioniert worden, seine (unveröffentlichten) Aufzeichnungen machen der Verwaltung den Mann verdächtig. Er soll in der Masse verschwinden. Der Verwaltungsmann schlägt ihm zur Auswahl vor: *Eine Stelle als Fabrikarbeiter, eine Stelle im Kleinhandwerk, eine Stelle als Gärtner in unseren landwirtschaftlichen Betrieben, eine Stelle in den Magazinen der Konsume und eine in der Kehrichtabfuhr.*[72] Keine dieser Beschäftigungen sagt dem Fremden zu, der sich in dieser zweiten Fassung der Geschichte als ehemaliger Offizier entpuppt. Vor noch nicht langer Zeit ist er in diese öde Stadt, in diese grau in grau dahinvegetierende, verwesende Welt, in dieses sinnlose Leben zurückgeworfen worden, in eine verwaltete Zivilisation. Auch hier entschließt sich der Fremde, Wärter zu werden, aber Wärter ist nun eine Umschreibung für Soldat. Er erkundigt sich, ob nicht irgendwo ein Krieg in der Nähe sei. Nein, nicht in der Nähe. Aber in Tibet. Ihm werden Waffen und Uniform gereicht, und durch ein unterirdisches Labyrinth wird er zum Kriegsschauplatz geführt, zu seinem ehemaligen Kommandanten. Hier mündet die Geschichte in den Ende der siebziger Jahre geschriebenen *Winterkrieg in Tibet.* Es ist für die wachsende Radikalität des Autors bezeichnend, wie er sich von der rätselhaften Existenz des Wärters in der *Stadt* über die entschlossen destruktive Haltung des Offiziers in den *Papieren* zur Verkrüppelung der Gestalt während der Weltzerstörung im dritten Weltkrieg vorarbeitet. 1952 fühlte er sich dem Stoff noch nicht gewachsen.

«Die Ehe des Herrn Mississippi. Eine Komödie»

Das Jahr 1951 war wenig erbaulich. *Die Ehe des Herrn Mississippi*, im wesentlichen 1950 geschrieben, wird von den Schweizer Bühnen zurückgewiesen. Einer von Dürrenmatts besten Freunden, Ernst Ginsberg, rät ihm, das Manuskript zu verbrennen. Katholik Ginsberg fühlt sich in dem Stück auch persönlich angegriffen und droht mit dem Bruch der Freundschaft. Dürrenmatt gerät in eine Krise. Zwei Jahre findet das Stück kein Theater. Allein der Bühnenbildner Teo Otto hat seinen Wert erkannt. Er bearbeitet und überzeugt Hans Schweikart, den Intendanten der Münchner Kammerspiele. Die Uraufführung wird für nächstes Jahr, 1952, geplant.

Am 6. Oktober 1951 wird den Dürrenmatts die Tochter Ruth geboren. Das Haus in Ligerz wird zu klein. Und ist auch zu teuer. Ein Haus zu kaufen ist auf die Dauer billiger als eines zu mieten. Wovon lebt die Familie? In der Hauptsache von deutschen Rundfunkanstalten. 1949 nach der

«Portrait eines Hoteliers (Hans Liechti)».
Gouache von Dürrenmatt, 1976

Währungsreform war die Deutsche Mark wieder interessant. Auf die Frage von Heinz Ludwig Arnold, seit wann Dürrenmatt von seiner schriftstellerischen Arbeit leben konnte, antwortete er: *Da muß ich dem deutschen Rundfunk sehr dankbar sein, denn der wurde so etwas wie mein Mäzen. Ich habe im ganzen zehn Rundfunkstücke geschrieben, Hörspiele – zum Beispiel entstand «Die Panne» erst als Hörspiel und nachträglich als Novelle –, und damit konnte ich mir mein Leben finanzieren.*[73]

Gesucht und gefunden wurde ein Haus, das genügend ramponiert war, um bezahlt werden zu können. Bezahlt freilich auf die damalige Dürren-mattsche Art. *Damals pumpte ich mir, ein Schriftsteller ohne Geld, in Neu-*

enburg ein Haus zusammen. Es war ziemlich schwierig. Wer wollte auch damals einem Schriftsteller Geld leihen. Die Lebensversicherung «Pax», in deren Händen die erste Hypothek lag, kündigte mir denn auch gleich. Doch konnten wir das Haus beziehen. Es half, wer helfen konnte.[74] Am 1. März 1952 zog Dürrenmatt mit Frau, drei Kindern, einem Dienstmädchen und einer Katze von Ligerz in das Haus Pertuis du Sault 34 oberhalb Neuchâtel. Die Katze wurde, damit sie sich den Weg nicht merken und zurücklaufen konnte, in ein Nachtschränkchen gesperrt. Das defekte Dach reparierte ein Gelegenheitsarbeiter, und in den folgenden Jahren wurde um- und angebaut.

Später, während des Dürrenmatt-Booms nach dem *Besuch der alten Dame*, werden ein zweites und ein drittes Haus hinzugebaut. Hier wohnte Friedrich Dürrenmatt bis zu seinem Tode.

Die Landschaft um Ligerz war idyllisch. Dürrenmatt haßte die Idylle. Die Gegend um Neuchâtel ist herber, felsiger, urtümlicher. Charlotte Kerr in ihrem Film «Porträt eines Planeten. Von und mit Friedrich Dürrenmatt» führt sie uns vor. Die Kläranlage von Neuchâtel zu Füßen des Hügels erspart sie uns. Mit Aufnahmen von den Zuchtbullen der benachbarten Samenbank illustriert sie Dürrenmatts Lesung seiner Ballade *Minotaurus*. Dürrenmatt hielt Distanz zu der Stadt im französisch-sprachigen Schweizer Jura. In der Stadt besaß ein Schulfreund aus dem Emmental, Hans Liechti, ein Hotel-Restaurant. Dürrenmatt wurde Stammgast. Er verließ Neuchâtel meist nur zu Berufsreisen. Er konnte nur in seinem Arbeitszimmer schreiben und zeichnen. Auf dem Lande leben heißt nicht mehr, weitab vom Schuß zu sein. Die Medien liefern frei Haus. Dürrenmatts Wesen entsprach es, aus der Distanz das Weltgeschehen zu betrachten und zu reflektieren.

«Klar siehet, wer von fern sieht, und nebelhaft, wer Anteil nimmt», erkannte Laotse. Dürrenmatt wollte den politischen und kulturellen Geschehnissen nicht zu nahe, nicht mit ihnen verwoben sein, nicht von ihnen vereinnahmt und geblendet werden.

Die Anfänge zum *Mississippi* gehen auf den Herbst 1949 zurück. Damals zeigte er Max Frisch die ersten beiden Akte. Frisch war beeindruckt, aber gar nicht einverstanden mit dem «Immer-Zugespitzten», wie er ihm in einem Brief mitteilte.[75] Die Autoren suchten über Jahre Freundschaft zu halten, vertrauten einander ihre Projekte an. Von dem Entwurf zu Frischs Roman «Stiller» war Dürrenmatt begeistert, von der Ausführung enttäuscht. Er versuchte, eine Kritik zu schreiben, sie blieb Fragment.[76] Seitdem war das Verhältnis der Autoren abgekühlt.

1960 schrieb Dürrenmatt das Drehbuch zum *Mississippi*-Film, der durchfiel. Das Drehbuch aber ist hilfreich für das Verständnis des Stücks. Den Film beginnt ein Kommentator: *Dies ist die Geschichte dreier Männer, die die Welt ändern wollten, denn die Ungerechtigkeit und die Unordnung unter den Menschen hatte zugenommen. Der erste fand in seiner Ju-*

Max Frisch und Friedrich Dürrenmatt, 1967

gend ein Altes Testament. In einem Kehrichthaufen... Der zweite «Das Kapital» von Karl Marx. In der Tasche eines ermordeten Zuhälters... Der erste träumte von der göttlichen Gerechtigkeit, niedergeschrieben im Gesetz Mosis, der zweite sehnte sich danach, auf Erden die menschliche Gerechtigkeit zu errichten. Durch die Weltrevolution... Während der dritte... die Welt durch die Liebe retten wollte: Seine Tante, die Fürstin Amalie, erzog ihn christlich.[77]

Der erste, Florestan Mississippi, missionarischer Gerechtigkeitsfanatiker und Moralprediger, hat es bis zum Staatsanwalt gebracht und ist stolz, 350 Todesurteile durchgeboxt zu haben. Nach alttestamentarischem Gesetz wird auch Ehebruch mit dem Tode bestraft. Also hat Mississippi seine untreue Gattin vergiftet. Die absolute Gerechtigkeit verpflichtete ihn zu dieser privaten Hinrichtung, außerhalb des offiziellen Gesetzes. Die drei Idealisten, Utopisten, Spinner, Weltverbesserer scheitern, trotz gewaltiger Ansätze, und alles geht weiter wie zuvor. Zwischen ihnen steht eine Frau, Anastasia, lustige Witwe eines Rübenzuckerfabrikanten. Alle lieben Anastasia, und Anastasia liebt alle. Auch sie hat ihren Ehepartner umgebracht, aber nicht aus erhabenem Gerechtigkeitssinn, sondern aus schnöder Eifersucht, jedoch mit dem gleichen Gift (vom selben Giftlieferanten), mit dem Mississippi seine Frau «hingerichtet» hat. Der Staatsanwalt weiß davon, er weiß alles. Nun hat aber der Rübenzuckerfabrikant

Anastasia ausgerechnet mit Frau Mississippi betrogen! Der Ring ist geschlossen, dramaturgisch. Es folgt die unverwechselbare Dürrenmattsche Pointe: Der Mörder macht der Mörderin, kaum sind die Leichen unter der Erde, einen Heiratsantrag. Der Staatsanwalt ist sich bewußt, daß er sich *gegen die heutigen Gesetze vergangen* hat. *Für dieses Vorgehen muß ich bestraft werden, auch wenn meine Motive lauter wie Quellwasser sind. Doch bin ich gezwungen, in dieser unwürdigen Zeit, selbst mein Richter zu sein. Ich habe das Urteil gefällt. Ich habe mich verurteilt, Sie zu heiraten . . . ANASTASIA . . . Sie fassen eine Ehe mit mir offensichtlich als Strafe für die Ermordung Ihrer Frau auf. MISSISSIPPI Ich wünsche, daß auch Sie die Ehe mit mir als die Strafe für die Ermordung Ihres Gatten auffassen.*[78] Und nach weiteren Repliken: *ANASTASIA (einer Ohnmacht nahe) Sie bieten mir eine Ehe an, um mich endlos foltern zu können.*[79]

Diese Szene, meisterhaft aufgebaut, breit ausgespielt und brillant und saftig pointiert, ist eine der bühnenwirksamsten der modernen dramatischen Literatur und hat Dürrenmatts Ruhm begründet. Die Sprache, gestochen scharf, parodistisch überhöht, ist voller Superlative, und Dürrenmatt spart auch nicht mit absichtsvoll überzogenen Regiebemerkungen wie *schaudernd, jubelnd, plötzlich wild ausbrechend, totenblaß, nach langer Pause dumpf, mit letzter Verzweiflung gellend, mit leuchtenden Augen, mit fürchterlicher Erhabenheit, tödlich erschrocken.* Zitiert wurde nach der *Endfassung 1980 meiner Komödien . . . Es ging mir . . . bei den Fassungen für die Werkausgabe nicht darum, die theatergerechten, das heißt die gestrichenen Fassungen herauszugeben, sondern die literarisch gültigen.*[80] Hierzu hat der Autor auch seine Bühnenerfahrungen zusammengetragen, sie in zahlreichen Anweisungen manifestiert und damit den Inszenierungsstil festgelegt.

Staatsanwalt Mississippi und Revolutionsführer Saint-Claude stammen aus der Gosse und demselben Bordell. Und am Schluß der Komödie, wenn sie gescheitert sind, schlägt Mississippi vor, sich mittels der Gründung eines Bordells zu sanieren. Vorher schon machte der zerschlagene und gejagte Kommunistenführer Saint-Claude seiner Geliebten Anastasia den Vorschlag zu einem Neuanfang mit dem markanten Satz: *Wir beginnen in den Kanalisationsgängen, steigen in die Nachtasyle auf, wechseln zu den Kaschemmen hinüber, und schließlich baue ich dir ein anständiges Bordell.*[81] Nicht nur in diesem Stück fällt des Autors literarische Vorliebe für das Bordell auf, als der untersten Stufe, aber anscheinend auch einer lustvollen Lokalität menschlicher Existenz.

Nach der kompakten Mississippi-Anastasia-Szene wechselt der Autor den Stil. Es folgt eine Szene mit dem Justizminister, der Mississippi seines Amtes entthebt, der Henker ist unpopulär geworden, man muß ihn loswerden; hierauf läßt die Spannung nach. Es wird zurückgeschaut, rekapituliert, das ist weniger wirksam als Bühnengegenwart. Trotz Gewehrsalven, Zusammenbrüchen, pittoresken Auftritten, es wird mehr gejammert und gepredigt als gespielt. Zwar quält sich die Handlung zwischen den Rückblicken langsam weiter, der bisherige mitreißende Schwung ist dahin. «Ist das noch ein Stück? Ist das noch Theater?» fragte Gottfried Benn anläßlich der Aufführung im Berliner Schloßparktheater. «Dies Durch- und Nebeneinander von Kino, Hörspiel, Kasperle-Szenarium, zeitlichen Verkürzungen, Vor- und Rückblenden, Sprechen ins Publikum, Selbstprojektionen der Figuren in einem imaginären Raum, Auferstehen von Toten und Weiterdiskutieren –: Ist das vielleicht das zukünftige Theater?»[82]

Peter Lühr als Graf Bodo von Übelohe-Zabernsee in seinem Auftritts-monolog von «Die Ehe des Herrn Mississippi», Uraufführung München 1952. Regie: Hans Schweikart

Den Grundgedanken aber verliert Dürrenmatt nie aus dem Sinn. Der dritte Menschheitsbeglücker, Arzt und Christ, kommt krank, zerrüttet, enttäuscht, ruiniert und trunksüchtig von Borneo zurück, wo er nach Art Albert Schweitzers Eingeborene behandelt hat, und stellt sich dem Publikum vor, wobei er gleichzeitig den Autor vorstellt. Mithin ein Dürrenmattsches Selbstzeugnis aus dem Mund des christlichen Heilsbringers Übelohe: *Doch ist hier, an diesem so kritischen Punkt der Handlung, in die Sie, meine Damen und Herren, als Zuschauer und wir auf der Bühne durch einen heimtückischen Autor hineingelistet worden sind – die Frage aufzuwerfen, wie der Verfasser denn an diesem allem teilnahm, ob er sich planlos von Einfall zu Einfall treiben ließ, oder ob ein geheimer Plan ihn leitete. Oh, ich will es ihm glauben, daß er mich nicht leichtfertig schuf, irgendeiner zufälligen Liebesstunde verfallen, sondern daß es ihm darum ging, zu untersuchen, was sich beim Zusammenprall bestimmter Ideen mit Menschen ereignet, die diese Ideen wirklich ernst nehmen und mit kühner Energie, mit rasender Tollheit und mit einer unerschöpflichen Gier nach Vollkommenheit zu verwirklichen trachten, ich will ihm das glauben. Und auch dies, daß es dem neugierigen Autor auf die Frage ankam, ob der Geist – in irgendeiner Form – imstande sei, eine Welt zu ändern, die nur existiert, die keine Idee besitzt, ob die Welt als Stoff unverbesserlich sei . . .* [83]

51

Sie ist es, anscheinend. Alle Ideologen gehen zugrunde. Die Revolution scheitert, und Saint-Claude wird von seinen Genossen erschossen. Mississippi und Anastasia vergiften einander. Übrig bleibt Graf Übelohe als Don Quijote. (In der Filmversion läßt Dürrenmatt auch Anastasia leben. Sie heiratet den früheren Justizminister, jetzigen Ministerpräsidenten, einen skrupellos praktischen Mann, Sieger aus den politischen Wirren der letzten Tage. Schluß-Tableau: Der Ministerpräsident im Frack und Anastasia im Hochzeitskleid, und Mississippi im Irrenhaus.)

In vielen Analysen des Stücks wird aufgezählt, von welchen Bühnenautoren Dürrenmatt dies oder jenes übernommen haben soll. Außer auf Nestroy beruft sich Dürrenmatt auf Aristophanes und Swift. Er nennt sich einen komödienschreibenden Protestanten und warnt: *Man sehe sich vor. Er bringt seine Helden nicht mit-leidend um, wie die Tragiker, er saß nicht tränenüberströmt an seinem Schreibtisch und schluchzte: Anastasia ist tot! Er mordete sie hohnlachend. Er hat zwar Witz, doch geht es in seinem Stück ungemütlich zu. Die Wahrheit sagt er mit einer Grimasse...* [84]

Die Uraufführung am 26. März 1952 in München brachte den langersehnten Publikums- und Presseerfolg. Trotz der Übernahme des Stücks durch einige andere deutschsprachige Bühnen, die Befreiung von wirtschaftlichen Sorgen bedeutete das für die Familie noch nicht. Dürrenmatt schrieb weiter Hörspiele.

Die Hörspiele

Es spricht für das Künstlertum Dürrenmatts, daß er, wie schon die Kriminalromane, auch diese Brotarbeiten nicht leichtnahm, nicht nebenbei erledigte, sondern mit vollem Einsatz arbeitete, und auch später noch beklagte er sich, daß seine Hörspiele zuwenig beachtet würden, sie stünden im Schatten seiner Komödien und Krimis. Viele seiner kleineren Arbeiten seien wichtiger als seine Romane und Erfolgsstücke.

Der Prozeß um des Esels Schatten war 1950 geschrieben und am 5. April 1951 von Studio Bern gesendet worden. *Ein Hörspiel (nach Wieland – aber nicht sehr)* lautete der Untertitel. Dürrenmatt hat die Fabel und ein paar Textstellen, wie er in einer Vornotiz angibt, aus dem 4. Teil von Wielands satirischem Roman «Die Abderiten, eine sehr wahrscheinliche Geschichte» von 1774 übernommen, die Episode vom Prozeß zwischen dem Eselsvermieter und -treiber Anthrax und dem Zahnarzt Struthion. Abdera in Thrazien stand bei den Griechen in demselben Ruf wie Schilda in Deutschland. Bei Dürrenmatt steht Abdera für Bern und jede mittlere deutsche Stadt. Dürrenmatt hat die Konflikte der grotesken Geschichte verschärft, die gesellschaftspolitischen Auseinandersetzungen hervorgehoben und den Prozeß zum Ausgangspunkt eines beide Kontrahenten vernichtenden Klassenkampfes gemacht. Der Zahnarzt, der einen Esel

Hörspielpreis der Kriegsblinden, 1956

für eine Reise über Land gemietet hat, will sich während einer Rast in dessen Schatten setzen. Dies aber verweigert ihm der Eselstreiber. Der Zahnarzt habe den Esel, aber nicht dessen Schatten gemietet! Es kommt zum Prozeß, in den die ganze Stadt hineingezogen wird, zuerst drängen sich die geldgierigen Advokaten hinzu, auch kleine Leute suchen ihren Vorteil, als Verbindungsleute zu anscheinend einflußreichen, aber doch nur geilen Unter-, Ober- und Erzpriestern, engstirnigen Vereinsvorsitzenden, korrupten Direktoren und Zunftmeistern, und es fehlt keineswegs an attraktivem weiblichem Personal. Man könnte sich dieses Funkspiel, das beim Lesen und Hören ungemein bildhaft wirkt, das die optische Phantasie anreizt, auch auf der Bühne vorstellen, nicht in einer Bühnenfassung, sondern ohne Abstriche und Zutaten, so wie es geschrieben ist, als eine kaleidoskopartige Weltschau; ein Bild geht ins andere über, mit einer sich ständig steigernden Handlung, die sich von Szene zu Szene ins Gigantische, Groteske, Apokalyptische türmt, bis die Welt zusammenbricht und die Menschheit unter sich begräbt. Bei Wieland wird nur ein Esel zerrissen. Bei Dürrenmatt geht die Welt in Flammen auf.

Wirklich auf die Bühne gebracht, am 25. Juli 1952 in den Münchner Kammerspielen, noch vor der Erstsendung durch den Bayerischen Rundfunk, wurde das *Nächtliche Gespräch mit einem verachteten Menschen*. In der Buchveröffentlichung von 1957 erhielt es den Untertitel *Ein Kurs für*

Zeitgenossen. Ein Kurs worüber? Über die Kunst des Sterbens. Und wer erteilt den Lehrgang? Der verachtete Mensch, der Henker.

Wenn hier sterben gelehrt werden soll, in Demut, schicksalsergeben, wenn wir uns wie Mark Aurel und Montaigne als Teil der sich ständig wandelnden, umwälzenden, erneuernden Natur betrachten sollen – gut. Aber der Besuch des Henkers bei einem freiheitlich gesinnten Schriftsteller findet in einer Diktatur statt. Dürrenmatt spart nicht mit Angaben, daß wir uns im Dritten Reich oder im Reiche Stalins befinden und daß der Mann, zu dem der vom Staat bestellte Henker nächtens durchs Fenster einsteigt, ein selbständig Denkender, ein Rebell ist, ein den Privilegierten gefährlicher Mensch. Der gefährliche Mensch unterhält sich mit dem verachteten, vielmehr, er befragt ihn, nimmt einen Kurs über die verschiedenen Arten, den Tod zu erleiden, und streckt die Waffen, fügt sich widerstandslos seiner Liquidierung als etwas Unausweichlichem. Er hofft auf die Zukunft: *... daß die Freiheit sei, damit wir nicht nur klug wie die Schlangen, sondern auch sanft wie die Tauben sein können...* Es geht dem Todgeweihten *um die Vergebung unserer Sünden und um den Frieden unserer Seele. Das weitere ist nicht unsere Sache, es ist aus unseren Händen genommen.*[85]

Zwischen einem religionsphilosophischen und einem politischen Gesichtspunkt werden Hörer und Leser hin- und hergerissen. Es ist nicht Freund Hein, den der liebe Gott uns ins Haus schickt, um uns aus diesem Jammertal zu erlösen. Es ist ein verächtlicher Henker, der im Auftrag der herrschenden Klasse eines diktatorisch verwalteten Staates einen Aufklärer und Freiheitskämpfer für immer mundtot macht. Hier klafft ein Widerspruch.

Stranitzky und der Nationalheld wurde am 9. November 1952 vom Nordwestdeutschen Rundfunk erstmals ausgestrahlt. Zwei Kriegskrüppel, der riesenmächtige, aber blinde ehemalige Marinetaucher Stranitzky und Anton, ehemaliger Fußballstar, der beide Beine verloren hat, leben in einer Art Symbiose. Der kräftige Blinde trägt oder fährt den beinlosen, aber sehenden Invaliden, beide fristen ihr Leben durch Betteln. Der Nationalheld Baldur von Moewe, der unverletzt aus dem Krieg heimkehrte, kam von einer Goodwillreise aus Abessinien mit einer leprabehafteten großen Zehe zurück und steht sogleich im Mittelpunkt der Nation. Die Kriegsveteranen drohen zu verrecken, dem Nationalhelden wird ein Heiligenschein ums Haupt gelegt, für die Heilung seiner Zehe wird in Stadt und Land gesammelt.

Stranitzky hat die Idee, daß sie mit dem lädierten Prominenten nunmehr zusammengehören und mit ihm eine Regierung bilden sollten, die den Invaliden ihr Recht verschafft, mit neuen sozialen Gesetzen. Tatsächlich dringen sie in die Privatklinik, wo der Nationalheld gesundgepflegt wird, vor, Stranitzky hält vor Kameras und Rundfunkmikrofonen eine anklägerische und zukunftsweisende Rede, die jedoch der Zensur zum

Opfer fällt, nur ein paar unverbindliche Worte des Nationalhelden werden gesendet. Daraus ergibt sich, daß das Volk niemals die Wahrheit erfährt. Nichts ändert sich, die Krüppel müssen in ihr Verlies zurück, im Milieu herrscht Untergangsstimmung, unsere Helden ersäufen sich im Kanal, ihre Leichen werden dem Meer zugetrieben. Wochen später werden sie durch die Flut wieder ans Land und in die Stadt gespült, gewaltig aufgequollen, und machen bei der Feier zur Genesung des Nationalhelden einen außerordentlich schlechten Eindruck auf das Volk, das im Taumel seinen Nationalhelden ehren will und sonst nichts. Volk und Nationalheld sind eins, Kriegskrüppel sind Aussatz.

Eine eigene Hörspieldramaturgie hat Dürrenmatt nicht entwickelt. Er geht von dem jeweiligen Stoff aus. In *Stranitzky und der Nationalheld* führt ein Ansager durch die Handlung. Die zeitlichen Sprünge und die Ortswechsel werden somit verständlich gemacht. Erzählung geht unversehens in Darstellung über. Geräusche, Stimmen, Musikfetzen, Schreie, Straßenlärm werden niemals nur als atmosphärischer Hintergrund, als Stimmungszauber, Geräuschteppich eingesetzt. Jeder akustische Einsatz hat eine dramaturgische Funktion, ist ein kleines Solo, so zum Beispiel, wenn zu Beginn durch wenige Akzente das triste Milieu charakterisiert wird, in dem die Kriegskrüppel vegetieren.

Zwischen *Stranitzky* und dem Hörspiel *Herkules und der Stall des Augias* liegen zwei Jahre, liegt auch die Uraufführung der Komödie *Ein Engel kommt nach Babylon*. Der *Herkules* entstand 1954 und wurde im selben Jahr vom Nordwestdeutschen Rundfunk erstgesendet und am 20. Oktober von Radio Bern übernommen. Herkules, Held der griechischen Mythologie, Sohn des Zeus, hatte zwölf Aufgaben zu lösen, als

Zeichnung Dürrenmatts zu «Herkules und der Stall des Augias»

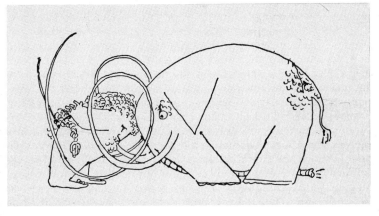

sechste den total verdreckten Stall des Augias von Elis auszumisten. Bei Dürrenmatt wird Held Herkules, von dem ihm sein Vater so viel erzählt hatte, nach Elis gerufen, um für ein Honorar das Land zu säubern, das ganze Land ist verdreckt. Es droht in seinem eigenen Mist zu versinken. Natürlich sind wir in der Schweiz. Der Autor sorgt dafür, daß kein Mißverständnis aufkommt. Es ist von Milch, Käseproduktion und Viehwirtschaft die Rede, von Alphörnern und Kuhglocken. Großgrundbesitzer heißen vom Säulihof, vom Ankenboden und von Milchiwil. Die griechischen Schweizer waten bis zum Nabel im Mist. Was mit Mist gemeint ist, ist klar: Korruption, Schlendrian, Cliquenwirtschaft, Bürokratie. Dies alles zusammenfassend mit Mist zu bezeichnen ist zu einseitig, undifferenziert, unverbindlich.

Natürlich wehrt sich die herrschende Bürokratie gegen jede Säuberung durch auswärtige Kräfte, gegen jede Änderung. Alles geht schief. Der von finanziellen Nöten geplagte alternde Held Herkules kann die amourösen Erwartungen, die die Damen von Elis an den vermeintlichen Kraftprotz knüpfen, nicht erfüllen. Er engagiert einen Schafhirten für die nächtlichen Strapazen in seinem dunklen Zelt, und seine Braut überläßt er dem Sohn des Augias. Den Mist im Lande könnte er mit einem Schlag beseitigen. Aber da ist nun die Bürokratie mit ihren Paragraphen, Einwendungen und Bedenken. Also bleibt alles beim alten. Das Spiel endet idyllisch. In seinem Gärtchen hat Augias den Mist kompostiert und in Humus verwandelt. Das, schwärmt er seinem Sohn vor, bedeute die Überwindung des nationalen Notstands. Den Mist veredeln! Steht zu hoffen, daß der Autor dieses Happy-End ironisch gemeint hat. Die Kritik war dessen nicht so sicher. Neun Jahre später, am 20. März 1963, wurde eine Bühnenfassung im Schaupielhaus Zürich uraufgeführt, ein eklatanter Mißerfolg, die Schweizer ließen sich die Verhöhnung ihres Musterländchens nicht gefallen. *Die beste Aufführung vom Bühnenbild her,* erinnerte sich Dürrenmatt, habe er *in Lausanne gesehen: ... Augias am Schluß in einem Schrebergarten mit Gartenzwergen.*[86] Also dann wohl doch ironisch.

1954 entstand auch das Hörspiel *Das Unternehmen der Wega*. 1955 wurde es als Gemeinschaftsproduktion des Bayerischen, Süddeutschen und Norddeutschen Rundfunks gesendet. Dürrenmatt versetzt uns ins Jahr 2255. Die Erde ist zweigeteilt, in einen kommunistischen und einen kapitalistischen Machtblock. Aus letzterem ist ein Raumschiff, die Wega, auf dem Weg zur Venus. Die Venus ist Strafkolonie für Ost und West. Beide Blöcke schieben ihre politischen Gegner und ihre kriminellen Verbrecher dorthin ab. Auf der Erde droht der kalte Krieg in einen heißen umzuschlagen. Unter Führung von Sir Wood, des Ministers für außerirdische Gebiete, soll eine Abordnung auf der Wega die Venus-Häftlinge beider Hemisphären anwerben, mit dem Versprechen, nach dem Endsieg auf die Erde zurückkehren zu dürfen. Das Angebot wird abgelehnt. Da hilft auch die Drohung mit Wasserstoffbomben, die man an

Jane Tilden als Deianeira und Gustav Knuth als Herkules in der Uraufführung des Stückes «Herkules und der Stall des Augias», Zürich 1963. Regie: Leonhard Steckel

Bord hat, nichts. Die Russen besitzen schon die bessere Hälfte des Mondes, die der Erde zugewandte, nun will der Westen ihnen nicht auch noch die Venus überlassen. Die Venusbewohner sind durch die Überlebensschwierigkeiten auf dem brodelnden, glühenden, stürmischen Planeten gezwungen, auf Schiffen von Walfischfleisch zu leben, eng aneinanderzurücken und einander zu helfen, so haben sie gar keine Zeit, Kriege zu führen, im Gegensatz zu den Bewohnern der ruhigen und fruchtbaren Erde, die den Menschen Kraft und Zeit für Gewalt und Verbrechen läßt.

Woods Pflicht ist nun, nach dem Fehlschlag der Verhandlungen alles Leben auf der Venus mittels der Bomben zu vernichten. Wood hat Skrupel. Aber *der Präsident hat befohlen*, erinnert ihn Oberst Roi auf dem Rückflug. *WOOD Wenn der Präsident befohlen hat, Oberst Roi, lassen Sie die Bomben eben abwerfen. Möglichst gleichmäßig über die Venus verteilt.*[87] Und so geschieht es.

Dürrenmatts *Panne* gibt es in vierfacher Form: als Hörspiel (1955), Erzählung (1956), Fernsehspiel (1957) und Komödie (1979). Das Hörspiel wurde am 17. Januar 1956 vom Bayerischen Rundfunk erstgesendet und ein Vierteljahr später von Radio Bern übernommen. Vier Pensionäre treiben als Spiel, Spaß und Jux, was sie früher berufsmäßig ausübten: Sie sitzen zu Gericht. Ihr Opfer ist der nach einer Autopanne zufällig hereingeschneite und zur Übernachtung und zu einem Festschmaus eingeladene Textilvertreter Alfredo Traps, ein Karrieretyp, im übrigen: Durchschnittsbürger. Richter, Staatsanwalt, Verteidiger und Henker knöpfen ihn sich bei einem monströs üppigen und fröhlichen Festmahl vor. Der Wein fließt in Strömen, und die vier entfesselten Greise stöbern, forschen, bohren in Traps' Leben, Vorleben, Sexual- und Geschäftspraktiken – und entdecken da so manchen dunklen Punkt: Verbrechen nicht im kriminellen Sinn, jedoch im sittlichen, entdecken sogar, zu ihrer Freude, einen *psychologischen Mord* [88]! Über die offizielle Justiz, die sich an Fakten klammert, sind sie hinaus. Sie richten subtiler. *Ich denke,* schwärmt der Staatsanwalt, *mit Grauen an die Zeit zurück, da wir im Dienste des Staates ein trübes Handwerk verrichten mußten. Wie hat sich doch alles geändert. Hetzten wir einst von Fall zu Fall, referieren wir jetzt mit Muße, Gemütlichkeit, Fröhlichkeit, lernen den Angeklagten lieben, seine Sympathie schlägt uns entgegen, Verbrüderung hüben und drüben. Und das ist gut so, denn die Gerechtigkeit, meine Freunde, ist etwas Heiteres, Beschwingtes und nicht etwas Fürchterliches, Schreckenverbreitendes, wie es die öffentliche Justiz geworden ist.* [89]

Ihr *privates Gericht* [90] pflegt *eine verkehrte, groteske, schrullige, pensionierte Gerechtigkeit, aber auch als solche eben die Gerechtigkeit...* [91]. Und weckt damit das Schuldbewußtsein Traps'. *Man mordet oft, ohne es zu wissen* [92], verkündet der Staatsanwalt a. D. und schließt sich selbst nicht aus. Der Richter ermächtigt sich zu einem Todesurteil. Traps akzeptiert. Großer Umtrunk. Allotria. Ekstase. Jubel über die neue Gerechtigkeit. Im Hörspiel bringt der Henker den an Leib und Seele gebrochenen Delinquenten zu Bett, damit er seinen Rausch ausschlafe. Und tatsächlich setzt Traps am anderen Morgen, verkatert und mit vagen Erinnerungen an die Freß- und Saufnacht, aber mit neuen Vorsätzen für rücksichtsloses Geschäftsgebaren, in seinem reparierten Wagen die Reise fort. Die nächtliche Moralkur hat nichts bewirkt.

In der Erzählung stolpert der demontierte Traps allein in sein Zimmer, und als die Herren ihrem lieben Gast eine gute Nacht wünschen wollen, hat der sich am Fensterkreuz aufgehängt, so daß *der Staatsanwalt, in dessen Monokel sich der immer mächtigere Morgen spiegelte, erst nach Luft schnappen mußte, bevor er, ratlos und traurig über seinen verlorenen Freund, recht schmerzlich ausrief: «Alfredo, mein guter Alfredo! Was hast du dir denn um Gotteswillen gedacht? Du verteufelst uns ja den schönsten Herrenabend!»* [93]

Das Fernsehspiel hielt sich im wesentlichen an die Hörspielfassung. 1979 aber wurde Dürrenmatt von dem Gastspielunternehmen Egon Karter im Comödienhaus Wilhelmsbad/Hanau gebeten, *Die Panne* für die Bühne zu bearbeiten und selbst zu inszenieren. 1979 genügte dem Autor der alte, erfolgreiche Text nicht mehr. Auch sollte eine abendfüllende Fassung entstehen. Dürrenmatt schrieb einen neuen Schluß und nahm den vorweg. Das Stück beginnt mit dem Schlußakt. Traps ist tot, und die liebestolle Hure Justine, eine neue Figur, und der Richter, jetzt mit Namen Wucht, sitzen auf dem Sarg. Justine wäre lieber mit Traps ins Bett gegangen, als auf seinem Sarg zu sitzen. Leider kam sie zu spät. Sie treibt es dann hinter dem Sarg mit einem Polizisten, der den Sarg, in welchem Traps unrechtmäßig liegt, zurückfordert. Nach einem Verkehrsunglück gibt es nicht genügend Särge im Land. Traps soll, bis Nachschub an Särgen eingetroffen ist, in einem Kühlhaus aufbewahrt werden, zwischen Schinken und Würsten. Schließlich entsteigt Traps dem Sarg, und die Komödie beginnt von vorn, jedoch auf einer anderen Ebene als die Erzählung und das Hörspiel.

Die Komödie löst alle Begriffe auf. Traps wird sowohl zum Tode verurteilt als auch freigesprochen, vom selben Gericht. Es gibt keine festen Punkte mehr. Insofern ist das Theaterstück ein Zuendedenken der Fassung von vor achtzehn Jahren, eine Weiterführung bis zum Nichts. *In einer Welt der schuldigen Schuldlosen und der schuldlosen Schuldigen*, doziert Richter Wucht, *hat das Schicksal die Bühne verlassen, und an seine Stelle ist der Zufall getreten, die Panne. ... Das Zeitalter der Notwendigkeit machte dem Zeitalter der Katastrophen Platz – ... undichte Virenkulturen, gigantische Fehlspekulationen, explodierende Chemieanlagen, unermeßliche Schiebungen, durchschmelzende Atomreaktoren, zerberstende Öltanker, zusammenkrachende Jumbo-Jets, Stromausfälle in Riesenstädten, Hekatomben von Unfalltoten in zerquetschten Karosserien. In dieses Universum bist du geraten, mein lieber Alfredo Traps.*[94] Und in diesem Universum kann niemand mehr schuldig gesprochen werden.

Mit der Radikalisierung des Stoffs geht eine Auflösung der Form einher. Das Stück zerbröckelt, wird in die Länge gezogen, es soll ja nun auch alles gesagt werden.

In der Komödie sind alle korrupt! Woher ihr Reichtum stammt? Dürrenmatt läßt keinen Stein auf dem anderen. Verteidiger Kummer deckt auf. *Hätte sich unser verehrter Staatsanwalt seine gigantische Briefmarkensammlung mit dem weltberühmten Mauritius-Block leisten können, wenn er sich nicht hätte bisweilen durch meine finanzielle Beihilfe überreden lassen, diese oder jene Anklage fallenzulassen? ... Ganz zu schweigen davon, was unserem lieben Richter Wucht seine oft bis an die Grenze des Erträglichen gehenden Freisprüche einbrachten. Ich weiß, ich weiß, ein Vermögen, lieber Freund, ein Vermögen.* Er selbst, prahlt Kummer, legte sich *als jahrzehntelanger Anwalt der obersten zwei, drei Weltkonzerne ... ein noch hübscheres Sümmchen auf die Seite, meine Lieben. Schwamm drüber.*[95]

Im Hörspiel duzen sich Traps und der Staatsanwalt, im Stück alle. Alle sind sie Komplicen. Zum Schluß der Komödie verfallen die verrückten Juristen darauf, *die Götter, welche die Welt regieren*[96], zu erschießen, und feuern auf den weibergeilen Jupiter, den mordgierigen Mars, den Menschenfresser Saturn, die Puffmutter Venus ihre Salven ab. Beim Merkur,

Ernst Schröder und Friedrich Maurer im Fernsehspiel «Abendstunde im Spätherbst», 1960

dem Gott der Korruption, versagen die Flinten. Traps hängt längst am Kronleuchter, volltrunken und tot. Und die Handlung könnte von neuem beginnen, kreisum, ohne Resultat, ohne Moral, ohne Sinn, es sei denn, um das Sinnlose zu demonstrieren.

Dürrenmatts letztes Hörspiel, *Abendstunde im Spätherbst*, entstand 1956, wurde im Jahr darauf vom Norddeutschen Rundfunk urgesendet, 1958 von Radio Bern wiederholt, 1959 in Berlin szenisch uraufgeführt und 1960 in der Schweiz als Fernsehspiel produziert. Die *Abendstunde* ist eine Insiderstory, die jedoch viel Furore gemacht hat, nicht nur in literarischen Kreisen. Muß ein Schriftsteller das, was er schreibt, erlebt haben? Dürrenmatts Maximilian Friedrich Korbes, der für seine 21 Kriminalromane mit dem Nobelpreis ausgezeichnet wurde, erinnert an den Abenteurer, Großwildjäger, Hochseefischer, Kriegsberichterstatter und Romancier Ernest Hemingway. Dürrenmatt macht sich lustig über die Erlebnis-Autoren, er selbst sitzt in Neuchâtel. Sein Krimiautor Korbes reist von Bad zu Bad, begeht einen interessanten Mord nach dem andern, denn phantasielos, wie er einmal ist, kann er Morde nur glaubhaft beschreiben, wenn er sie selbst begangen hat. Nun ist seine Methode von dem Amateurdetektiv Fürchtegott Hofer, einem pensionierten Buchhalter, durchschaut worden. Aber das erschreckt den Mörder keineswegs. Der gibt an, die Öffentlichkeit, die Staatsanwaltschaft und seine Leser seien im Bilde und wollten ihn so, als Mörder. Er wirft den Spielverderber vom Balkon in die Tiefe, Selbstmord wird angenommen, in Wirklichkeit war es Korbes' 22. Mord, den es sogleich zu vermarkten gilt; schon beginnt er seinem Sekretär Sebastian, einem Theologiestudenten, den Anfang zu diktieren.

Durch Korbes spricht Dürrenmatt, wenn er gegen die ungeistige Unterhaltungsliteratur, die Surrogat für das Leben sein soll, wettert. Dürrenmatt meint es ironisch, Korbes ernst, wenn er sagt: *Die Literatur ist eine Droge geworden, die ein Leben ersetzt, das nicht mehr möglich ist.*[97]

Die neun Hörspiele sind ein gewichtiger, oft übersehener Komplex in Dürrenmatts Schaffen. Zusammengefaßt, ergeben sie einen eigenen Kosmos: die menschliche Existenz von den verschiedensten Seiten durchleuchtet. Daß die Texte des Geldes wegen geschrieben wurden, steigert die Bewunderung für ihre Kompromißlosigkeit.

«Ein Engel kommt nach Babylon. Eine fragmentarische Komödie in drei Akten»

Nach einem Theaterstück tut es gut, einen Roman zu schreiben, nach dem Roman erwacht die Lust auf ein Hörspiel, nach dem Hörspiel wagt man sich wieder an ein Theaterstück: Blutkreislauf.

So bleibt man an den Stoffen, formt sie unablässig, schafft seine Gestalten, immer neue, vergeudet sie nicht, schreibt Dinge und nicht über Dinge, belästigt die Welt weder mit Weltanschauung noch mit Innenleben; der Schreibtisch bleibt der Arbeitstisch.[98]

Es ist nicht immer leicht, Dürrenmatts Werke in eine chronologische Ordnung zu bringen. Dieser Schriftsteller arbeitete stets an mehreren Texten zugleich. Die Anfänge der *Fragmentarischen Komödie*, die also Fragment bleibt, gehen auf die Jugend des Schriftstellers und auf 1948 zurück; damals entstand der erste Akt, geplant noch als erster Akt der nie beendeten und vernichteten Komödie *Der Turmbau zu Babel*. Am 22. Dezember 1953 wurde der *Engel* in den Münchener Kammerspielen uraufgeführt. Aufführungen in Düsseldorf, Zürich und Wien folgten. Verhandlungen in Berlin zerschlugen sich, weil dem Regisseur Rudolf Noelte der Schluß des Stücks unverständlich war.

In dem genormten Leben der Weltstadt Babylon ist der Bettler Akki der einzige Mensch, der sich die Freiheit des Abenteuers bewahrt hat – und zu bewahren gedenkt. Alle anderen Bettler hat der reformsüchtige

Mit Peter Lühr als Nebukadnezar während der Proben zur Uraufführung von «Ein Engel kommt nach Babylon», München 1953. Regie: Hans Schweikart

König Nebukadnezar zu pensionsberechtigten Steuereinnehmern gemacht. Um Akki von der Sinnlosigkeit seines anarchistischen Lebenswandels zu überzeugen, verkleidet sich der König als Bettler aus Ninive und tritt mit Akki in einen Bettlerwettstreit, den Akki haushoch gewinnt. Ein erfolgreiches Bettlerleben ist sinnvoll und schön! Die erbettelte Summe wirft der Siegreiche in den Fluß. Es ist ihm um ein freies Leben voller Poesie zu tun, nicht um materiellen Besitz.

Von dem aus dem Bühnenhintergrund stets hervorleuchtenden Andromedanebel flattert wie aus dem Jenseits ein Engel auf die Erde herab, mit ihm das Mädchen Kurrubi (Cherubim), ein soeben geschaffenes Gotteskind, das die Gnade verkörpert und dem ärmsten Menschen von Babylon zugesprochen werden soll. So hat es Gott befohlen. Dieser ärmste Mensch ist aber nach der verlorenen Wette der verkleidete König. Und nun geht alles schief. Auftragsgemäß liebt Kurrubi den Bettler von Ninive, nicht den in ihm versteckten, sich später demaskierenden König. Also ruft der gekränkte Nebukadnezar den in Dürrenmatts Stücken stets auftrittsbereiten Henker herbei, Kurrubi den Kopf abzuschlagen. Akki hat mit dem Henker längst die Rollen getauscht und zieht mit dem geretteten Gnadenkind von dannen. Der König, gnadenlos, enttäuscht, anscheinend auch von sich selbst, erkennt: Gott läßt ihn fallen, Gott ist sein Feind. *Ich will die Menschheit*, nimmt er sich vor, *in einen Pferch zusammentreiben und in ihrer Mitte einen Turm errichten, der die Wolken durchfährt, durchmessend die Unendlichkeit, mitten in das Herz meines Feindes* [99], das heißt Gottes. Dürrenmatts Stück sollte das erste einer Trilogie über den Turmbau zu Babel werden. Es blieb bei diesem ersten. Den Zeichner hat der Turmbau länger beschäftigt, bis in die siebziger Jahre hinein, als er mit dem Komponisten Rudolf Kelterborn das Opernlibretto zum *Engel* verfaßte.

Auch dem *Engel* sind vielerlei Deutungen zuteil geworden. Der Autor selbst meint, *der Engel, der als Geschenk Gottes für den Ärmsten der Menschen das Mädchen Kurrubi zur Erde bringt, habe… keine Ahnung, was Gott mit diesem Mädchen eigentlich wolle; wir müßten leider schließen, Gott wisse es auch nicht. Gottes Gnade sei nicht nur uns, sondern auch Gott unbegreiflich.* [100] Theologische Spekulationen, sind sie bühnenwirksam? Bei den letzten Proben in München stellte Dürrenmatt fest, daß der Regisseur Schweikart *im «Engel» eine Satire sah, er glaubte, ich sei ein Nachfolger Wedekinds und Sternheims (was heute noch viele glauben; vor allem jene, denen Schreiben bloß eine stilistische, sprachliche Angelegenheit ist und nicht ein subjektiver Ausdruck des Denkens)… Das Mißverständnis war nicht mehr zu korrigieren… Die stärkste Wirkung erwartete ich vom dritten Akt. Er fiel durch und damit das Stück. Es wurde ein Achtungserfolg, das Schlimmste, was passieren konnte, doch nur scheinbar das Schlimmste – schlimmer war, daß ich meine Naivität dem Theater gegenüber verlor, wohl endgültig.* [101] Dürrenmatt geriet, wie er sagte, in eine heilsame Krise, schwor, niemals mehr für die Bühne zu schreiben, beschäftigte sich aber doch mit seinen *Theaterproblemen*, schrieb eine Theorie über die Komödie und einen Roman, den er als *Prosakomödie* bezeichnete.

«Grieche sucht Griechin. Eine Prosakomödie»

Der Griechin suchende Grieche ist ein Buchhalter auf der untersten Stufe der Hierarchie eines Mammutunternehmens in einer wahrhaft internationalen Metropole – Paris plus Zürich plus London: Europa-City. Per Annonce sucht der Grieche, 45, simpel, schmuddelig, miserabel behaust, aber voller Grundsätze und Religiosität, eine Landsmännin zwecks Heirat. Es meldet sich Chloé, 31, die erfolgreichste Kokotte der Stadt, sie will zurück ins bürgerliche Leben: trautes Heim mit einem Landsmann und

Irina Demick und Heinz Rühmann in dem Film «Grieche sucht Griechin», 1966

Kinderchen. Alle bedeutenden Männer der Metropole haben ihre Liebes-
künste genossen, dem Griechen ist das unbekannt. Der erste Spaziergang
mit der Vielgeliebten durch die City ändert die Lage des Kleinbuchhalters
von Grund auf. Merkwürdiges Zusammentreffen: Es begegnen ihnen alle
Großkopfeten der Stadt. Konzernboss, Bischof, Bankier und Regierungschef wissen um Chloés Sinneswandel und grüßen den Auserkorenen mit
Respekt. Anderen Tags wird der kleine dicke Grieche, dank der Beziehungen seiner Braut, Generaldirektor, Weltkirchenrat, Ehrenkonsul und, von
Gönner zu Gönner gereicht, der bestangezogene Mann der Stadt. Und
Dürrenmatt hat Gelegenheit, im Stil eines Nummernkabaretts eine Insti-
tution nach der anderen satirisch auseinanderzunehmen. Dieses Aufspie-
ßen und Ausmisten ist der eigentliche Inhalt dieser Liebesgeschichte. Bei
der Trauung, an der alle früheren Beischläfer gerührt teilnehmen, merkt
der Grieche endlich, wer da an seiner Seite kniet – und nimmt Reißaus,
treibt sich in der Stadt herum und gerät Bombenlegern in die Hände.

Friedrich Dürrenmatts Personal besteht aus schwankhaften Typen, und
alle zappeln und strampeln nach dem Willen des Autors. Ein Mensch
kommt in diesem Buch nicht vor. Mit Ausnahme des greisen weisen
Staatspräsidenten, zu dem der von moskautreuen Revolutionären aufge-

hetzte Grieche mit einer entschärften Bombe nächtens eindringt. Der Alte, ob er nun von der Bombe weiß oder nicht, zieht ihn ins Gespräch. Er kennt des Griechen Schicksal und *kann nur hoffen, daß Sie über eine Tatsache hinwegkommen, die niemand zu leugnen vermag, die nur dann hinfällig und unbedeutend wird, wenn Sie die Kraft haben, an die Liebe zu glauben, die Ihnen Chloé entgegenbringt.*[102] Endlich ist bei Dürrenmatt einmal von Liebe die Rede. Da dies so selten ist, sei weiter zitiert. *Die Liebe*, sagt der alte Herr, *ist ein Wunder, das immer wieder möglich, das Böse eine Tatsache, die immer vorhanden ist. Die Gerechtigkeit verdammt das Böse, die Hoffnung will bessern, und die Liebe übersieht. Nur sie ist imstande, die Gnade anzunehmen, wie sie ist. Es gibt nichts Schwereres, ich weiß es. Die Welt ist schrecklich und sinnlos. Die Hoffnung, ein Sinn sei hinter all dem Unsinn, hinter all diesen Schrecken, vermögen nur jene zu bewahren, die dennoch lieben.*[103] Schöne Sätze, erholsam und erbaulich zwischen all den Greueln, die Dürrenmatt, wenn auch nie ohne Humor, sonst vor uns aufbaut. Und auch der Grieche ist für solche Worte empfänglich. Die Bombe bleibt in der Manteltasche. Der Mantel hängt am Garderobenhaken. Bei gebratenen Hähnchen und Champagner verstehen sich die Herren ausgezeichnet. Als ein anderer Mensch geht der Grieche von dem Philosophen fort. Aber Chloé ist verschwunden. Ende. – Als *Ende für Leihbibliotheken* hat der Autor einen versöhnlichen Schluß angehängt. Grieche und Griechin finden sich wieder in Griechenland! Bei Ausgrabungen auf dem Peloponnes.

«Theaterprobleme»

Zeit seines Lebens hat sich Friedrich Dürrenmatt über das, was ihn bewegte, geäußert, nicht nur in Erzählungen, Romanen und Stücken, mehr noch und unmittelbarer in Aufsätzen, Vorträgen, Kritiken, Kommentaren, Essays, in Zeitungs- und Fernsehinterviews. Der Stückeschreiber und Erzähler war auch ein schreibgewandter Theoretiker und Publizist. Es gibt kaum ein Gebiet des Geistes, der Kunst, der Wissenschaft und der Politik, das er nicht erkundet und über das er sich nicht in einer allgemeinverständlichen Sprache geäußert hat. Und immer wieder hat er sich über seine eigene Produktion klarzuwerden versucht. Seine Aufsätze sind teils Selbstgespräche, teils Ansprachen an seine Kritiker, Freunde und Feinde. Brechts Theorie des epischen Theaters stellte Dürrenmatt seine Reflexionen über die Komödie, das Groteske und das Zuendedenken einer Geschichte gegenüber.

Die heutige Welt, wie sie uns erscheint, läßt sich... schwerlich in der Form des geschichtlichen Dramas Schillers bewältigen, allein aus dem Grunde, weil wir keine tragischen Helden, sondern nur Tragödien vorfinden, die von Weltmetzgern inszeniert und von Hackmaschinen ausgeführt

Mit Kurt Horwitz und Walter Mehring, 1959

werden. *Aus Hitler und Stalin lassen sich keine Wallensteine mehr machen... Die echten Repräsentanten fehlen, und die tragischen Helden sind
ohne Namen. Mit einem kleinen Schieber, mit einem Kanzlisten, mit einem
Polizisten läßt sich die heutige Welt besser wiedergeben als mit einem Bun-
desrat, als mit einem Bundeskanzler. Die Kunst dringt nur noch bis zu den
Opfern vor, dringt sie überhaupt zu Menschen, die Mächtigen erreicht sie
nicht mehr. Kreons Sekretäre erledigen den Fall Antigone...*

*Doch die Aufgabe der Kunst, soweit sie überhaupt eine Aufgabe haben
kann, und somit die Aufgabe der heutigen Dramatik ist, Gestalt, Konkretes
zu schaffen. Dies vermag vor allem die Komödie. Die Tragödie, als die
gestrengste Kunstgattung, setzt eine gestaltete Welt voraus. Die Komödie –
sofern sie nicht Gesellschaftskomödie ist wie bei Molière – eine ungestal-
tete, im Werden, im Umsturz begriffene, eine Welt, die am Zusammenpak-
ken ist wie die unsrige.*[104]

66

Die Komödie und das Groteske gehören bei Dürrenmatt zusammen. Die groteske Komödie ist die unserer Zeit gemäße Form. Die Komödie hält den Zuschauer auf Distanz (wie Brechts episches Theater). Die Bühne ist Bühne und nicht Wald oder Salon oder eine Heide. Theater ist Gegenwartsspiel, es findet hier und heute statt und nicht in der Vergangenheit und anderswo. Die grotesken Übersteigerungen, die bis zum Derbkomischen, Schaurigen, Monströsen, Satanischen und Absurden gehen, dienen dem Bewußtmachen der wahren Natur der Welt und der Menschen und auch der Kritik an den sozialen Verhältnissen. *Das Groteske ist eine der großen Möglichkeiten, genau zu sein. Es kann nicht geleugnet werden, daß diese Kunst die Grausamkeit der Objektivität besitzt, doch ist sie nicht die Kunst der Nihilisten, sondern weit eher der Moralisten, nicht die des Moders, sondern des Salzes. Sie ist unbequem, aber nötig...[105] Das Groteske ist eine äußerste Stilisierung, ein plötzliches Bildhaftmachen und gerade darum fähig, Zeitfragen, mehr noch, die Gegenwart aufzunehmen, ohne Tendenz oder Reportage zu sein.[106]*

Das Groteske geht bei Dürrenmatt, und nicht nur bei ihm, bis zum Kalauer, dem Wortwitz und der Klamotte. Nestroy, Brecht und viele

Bertolt Brecht

Lustspiel- und Komödienschreiber liebten sie, schätzten sie, die aussagekräftige Klamotte, den Slapstick, auch Dürrenmatt pochte da auf sein Recht und steigerte sich darin bis zum Exzeß.

Dürrenmatts *21 Punkte zu den Physikern* [107] enthalten den vielzitierten Satz *Eine Geschichte ist dann zu Ende gedacht, wenn sie ihre schlimmstmögliche Wendung genommen hat.* Warum die schlimmstmögliche? Zielt alles darauf hin, ruiniert zu werden und zugrunde zu gehen? Weiter heißt es: *Die schlimmstmögliche Wendung ist nicht voraussehbar. Sie tritt durch Zufall ein.* Schon sind wir wieder beim Zufall, dem, wie bemerkt, Dürrenmatt eine starke Bedeutung beimaß, so als sei der Mensch dem Zufall gegenüber hilflos. *Je planmäßiger die Menschen vorgehen, desto wirksamer vermag sie der Zufall zu treffen.* Das kann sein, wenn die Pläne nicht genügend durchdacht sind. Die Macht des Zufalls ist keineswegs absolut und grenzenlos. Zufälle können nur innerhalb bestimmter Umstände eintreten. Der Spielraum für Zufälligkeiten ist begrenzt. Die Aufgabe wäre, in dem scheinbaren Chaos der Zufälle die darin verborgene Notwendigkeit und Gesetzmäßigkeit zu entdecken. Aber der Stückeschreiber braucht den Zufall als Überraschungseffekt. *Die Kunst des Dramatikers besteht darin, in einer Handlung den Zufall möglichst wirksam einzusetzen.* Und im Leben? In der Wirklichkeit? Der 21. und letzte Punkt: *Die Dramatik kann den Zuschauer überlisten, sich der Wirklichkeit auszusetzen, aber nicht zwingen, ihr standzuhalten oder sie gar zu bewältigen.* Der Dramatiker führt vor – die Folgerungen hat der Zuschauer selbst zu ziehen, für sich, sein Verantwortungsgefühl, seine Aktivität oder Gleichgültigkeit. Dürrenmatts Punkt 21 steht im Gegensatz zu Brechts didaktischer Zielsetzung. Und gegen Brecht ist dieser Punkt wohl auch gerichtet. Die Generation, die während des Zweiten Weltkriegs zu denken begann, hegte nicht mehr die Illusionen, die die Generation nach dem Ersten Weltkrieg aktivierten. Dem politischen Optimismus Brechts, der, wenn auch angeschlagen, bis zuletzt an den Sieg der Vernunft glaubte, stellte Dürrenmatt seine durch nichts zu erschütternde Skepsis entgegen.

Die zweite Schaffensphase (1955–1966)

«Der Besuch der alten Dame.
Eine tragische Komödie»

Der erfolglose *Engel* wurde von einem philosophierenden Märchenerzähler geschrieben, die erfolgreiche *Dame* von einem Theatermann. Inzwischen hatte Dürrenmatt den Essay über seine Komödientheorie, *Theaterprobleme*, beendet und hatte selbst inszeniert, 1954 in Bern den *Mississippi*.

Als er 1955 von einer Vortragsreise durch die Bundesrepublik zurückkam, mußte sich seine Frau einer Operation unterziehen. Die Operation gelang, hatte aber lebensgefährliche Nachwirkungen. Dürrenmatt fuhr täglich von Neuchâtel nach Bern ins Spital. Abends fuhr er zu seinen Kindern zurück und begann an der *Grieche sucht Griechin* zuliebe unterbrochenen Erzählung *Mondfinsternis* weiterzuschreiben. Frau Lotti, von den Ärzten aufgegeben, erholte sich, aber Dürrenmatt war *nun von einer anderen Sorge geplagt: Ich war in Schulden geraten und kam auf die Idee, die «Mondfinsternis» in ein Theaterstück zu verwandeln. Ich sah darin eine bessere Möglichkeit, Geld zu verdienen, als mit dem Schreiben einer Novelle.* In der *Mondfinsternis* kommt Walt Lotcher aus Kanada, wo er es zum Multimillionär gebracht hat, in sein schweizerisches Heimatdorf zurück. Vor 45 Jahren hat ihm der Döufu Mani sein Mädchen weggeschnappt, obgleich sie von ihm, Lotcher, schwanger war, seine Kläri. Den Gebirgsdörflern geht es dreckig. Jeder der vierzehn Familien will der Heimkehrer eine Million schenken, wenn sie ihm den Mani umbringen, in zehn Tagen, zur Mondfinsternis. Er hatte einst geschworen, sich zu rächen, und seine Schwüre hält er. Die Dörfler erfüllen ihm den Wunsch. Der alte Mani opfert sich. Der Delinquent wird zur Stunde der Mondfinsternis unter einen Baum gesetzt, der fällt um und erschlägt ihn. Ein Unfall.

Ich hätte die Alte Dame nie geschrieben, wäre mir die Bühnenidee dazu nicht eingefallen. Diese bestand nicht etwa darin, daß ich aus dem Bergdorf ein Städtchen machte, sondern im Umstand, daß auch die Schnellzüge Bern–Neuchâtel in Ins und Kerzers anhalten, wodurch man gezwungen ist, die beiden kleinen trostlosen Bahnhöfe zu betrachten, ungeduldig über den

Aus dem Manuskript «Der Besuch der alten Dame»

Unterbruch, wenn er auch nur ein, zwei Minuten dauert; Minuten, die sich für mich lohnten, kam ich doch durch sie wie von selbst auf die erste Szene. Und wie von selbst verwandelte sich im Weiterdenken das Bergdorf in Güllen und Walt Lotcher in Claire Zachanassian.[108]

Claire Zachanassian, geborene Klara Wäscher, in ihrer Jugend arm, aber hübsch, verliebt, geschwängert und verstoßen, zur Hure heruntergekommen, dann durch mehrere Heiraten und Witwenschaften zur Milliardärin aufgestiegen, kommt in ihre Heimat zurück, in die abgewirtschaftete Kleinstadt Güllen. An den Besuch der alten Dame werden die höchsten Erwartungen geknüpft, besonders von ihrem ehemaligen Geliebten, Verführer und Verräter Ill. Aber die Dame ist gekommen, um der Stadt Güllen eine Milliarde zu stiften, zur Ankurbelung der Konjunktur, wenn sie ihr den ehemaligen meineidigen Verräter Ill tot ausliefert. Den Sarg hat sie gleich mitgebracht. Auf Capri ist für ihre Jugendliebe ein Mausoleum errichtet. Sie will Rache, Gerechtigkeit, Wiedergutmachung. Die Güllener sind empört und kein bißchen schuldbewußt. Alle hatten gewußt, wer der Vater von Klaras Kind war, aber zwei falschen Zeugen hatte der bestochene Richter mehr Beweiskraft zugesprochen als Klaras Aussage, und Ill konnte die begehrte Kaufmannstochter Mathilde Blumhard heiraten. Die sittliche Empörung der Güllener über ihr Angebot macht Frau Zachanassian nicht irre. Sie kann warten. Der Gasthof ist zwar verkommen, aber sie nistet sich ein, läßt sich scheiden, heiratet aufs neue, einen Nobelpreisträger, ihr wird die Zeit nicht lang. Sie hat eine Maschinerie in Gang gesetzt und sieht vom Balkon des Hotels dem Lauf der Dinge geruhsam zu. Und die Güllener, zu ihren Füßen, verhalten sich, als hätten sie das Geld schon. Leben üppig, kleiden sich neu ein, bauen, alles auf Pump. Selbst Ill modernisiert seinen Laden. Er hofft, wie sie alle, auf Vergessen und Güte. Nach und nach erkennen die Güllener den wahren Charakter der Dame auf dem Balkon – und denken nun an Abrechnung und Mord, Mord an Ill. Ill gerät in Panik.

Alles hat seinen Preis. Das weiß die reichste Frau der Welt. Fünfhundert Millionen für die Stadt, fünfhundert Millionen auf die Bürger verteilt. Der Lehrer appelliert an Claires Menschlichkeit. Ihre Antwort: *Die Menschlichkeit... ist für die Börse der Millionäre geschaffen, mit meiner Finanzkraft leistet man sich eine Weltordnung. Die Welt machte mich zu einer Hure, nun mache ich sie zu einem Bordell. Wer nicht blechen kann, muß hinhalten, will er mittanzen. Ihr wollt mittanzen. Anständig ist nur, wer zahlt, und ich zahle. Güllen für einen Mord, Konjunktur für eine Leiche.*[109]

Durch das ganze Stück geht der Ruf nach Menschlichkeit, nach Gerechtigkeit. Was aber ist das charakteristisch Menschliche? Nach Schopenhauer, den Dürrenmatt ja auch gern las, gehören zu den menschlichen Grundtriebfedern Egoismus, der das eigene Wohl will, und Bosheit, die das fremde Wehe will. Mitleid, das das fremde Wohl will, gehört zu den Ausnahmeerscheinungen. Demzufolge ist Gerechtigkeit, nach Dürrenmatt, eine Fiktion, ein Hirngespinst, ein Schlagwort, eine Abstraktion, sie kann es nicht geben, nie und nirgendwo. Niemand in Güllen spricht von Geld, alle sprechen von Gerechtigkeit. Die Entlarvung des verlogenen Begriffs Gerechtigkeit ist der Inhalt dieser *tragischen Komödie*. Gerechtigkeit verlangt der Bürgermeister, verlangt sogar der Pfarrer, verlangen nun alle von Ill. Ill, so sein Seelsorger, solle nicht so sündhaft am

*Therese Giehse in «Der Besuch der alten Dame», Uraufführung Zürich 1956.
Regie: Oskar Wälterlin*

Leben hängen, sondern mehr an die Ewigkeit denken, sich auf das ewige
Leben vorbereiten. Oder aber, besser noch, besinnt sich der Geistliche, er
solle fliehen, auf daß seine Güllener Schäfchen nicht in Versuchung gerie-
ten. Die Sache mit der Zachanassian und ihrer Milliarde werde sich schon

regeln lassen, sei Ill erst einmal weg. Da irrt der fromme Mann. Die Stadt überwacht Ill, verhindert seine Flucht. Schließlich hat er sich ja wie ein Schuft zu Klara benommen! Das muß gesühnt werden. Der Bürgermeister bringt Ill ein geladenes Gewehr und legt ihm nahe, sich selbst zu richten, um den sich in Gewissensnöten windenden Güllenern die Schmach zu ersparen, das wäre Ills Pflicht, nach all seinen Jugendsünden und Verbrechen, die nun die Stadt befleckten. Güllen – von Gülle = flüssiger Stalldünger, der sich aus Kot und Harn zusammensetzt – Güllen sei Kulturboden, habe Tradition. Goethe habe hier einmal übernachtet und Brahms ein Streichquartett komponiert. Das verpflichte! Ill lehnt ab. Das ist seine Rache: Er will seine Mitbürger zu Mördern machen. – Kirche, bürgerliche Moral und Kultur werden demaskiert, nicht verbal, sondern szenisch; das Wort, die Pointe machen sich niemals selbständig, sie dienen der dramatisch zugespitzten Situation.

Schließlich soll eine Gemeindeversammlung über Ills Schicksal entscheiden, sinnigerweise im Theatersaal des Gasthofs zum Goldenen Apostel, in dem die Zachanassian logiert. Der Bürgermeister lädt auch Ill ein und fragt, ober er sich dem Spruch der Allgemeinheit beugen werde. Ill, zermürbt, hat seine aussichtslose Lage erkannt, bekennt seine Schuld,

Anthony Quinn als Ill und Leonhard Steckel als Pfarrer bei Proben zum Film «The Visit», 1963 (nach «Der Besuch der alten Dame»). Die Titelrolle spielte Ingrid Bergman

Mit Eugène Ionesco, 1968

sagt ja. Es ist dann nur noch von der wohltätigen Stiftung der Zachanassian die Rede, ob die Güllener sie annehmen sollen, nicht von Mord. Immerhin, der Bürgermeister sagt etwas zu deutlich: *Wer reinen Herzens die Gerechtigkeit verwirklichen will, erhebe die Hand.*[110] Alle außer Ill heben die Hand. Nun hat keiner dem anderen mehr etwas vorzuwerfen. Sie alle sind Mörder. Im Saal werden die Lichter gelöscht. Als es wieder hell wird, liegt Ill tot am Boden. Ein Turner mit kraftvollen Händen hat ihn erdrosselt. Die verabredete Arztdiagnose: Herzschlag. Der Bürgermeister fügt hinzu: *Tod aus Freude.*[111] Die Güllener hatten über den einstimmigen Beschluß ein Freudengeheul angestimmt. Frau Zachanassian überreicht den Scheck und zieht mit ihrem Gefolge und Ill im Sarg von dannen, nach Capri.

Den Welterfolg mit diesem Stück verdankt Dürrenmatt nicht nur dem grandiosen Grundeinfall, sondern auch der konsequenten Durchführung der Handlung, der totalen Ausschöpfung des gesellschaftlichen Konflikts. In dieser Komödie sind drei Handlungsstränge miteinander verflochten. Claire hat nie aufgehört, ihren ersten Freund, Alfred Ill, zu lieben. Erst im Alter kann sie seiner habhaft werden. Das ist eine Liebesgeschichte. – Vor 45 Jahren sind zwei Meineide geschworen worden, und ein Richter ist bestochen worden. Dies der kriminalistische Hintergrund. – Drittens ist der *Besuch* eine Gesellschaftsstudie bitterster Art mit vielen Typen, schrägen, oberflächlichen und faulen. – Zur Wirkung des Stücks trägt nicht wenig die objektive Charakterisierung der Zachanassian bei. Keine Person ist karikiert. Noch der gemeinste Schuft ist ein aus seiner Situation heraus begreifliches Geschöpf. Die Armut war zu bitter und die Summe zu hoch. Jede Person, die spricht, hat von ihrer Lage aus gesehen recht. Nur eine kleine symbolische Zutat erlaubt sich der Autor: den schwarzen Panther, den die Zachanassian in einem Käfig mit sich führt. Ihren schwarzen Panther nannte vor 45 Jahren Klara ihren einzig Geliebten. Der Panther entläuft oder wird freigelassen, verbreitet Furcht und Zittern, alle Güllener bewaffnen sich, fuchteln mit Flinten herum, was Ill auf sich bezieht, endlich erschießt einer den Panther.

Die Sprache ist von raffinierter Einfachheit, gestochen scharf und transparent. So wie Dürrenmatt die Handlung stets bis ins Äußerste zu treiben bestrebt ist, so auch die Sprache. Das Wort ist doppeldeutig. Es wird das eine gesprochen und etwas anderes gemeint, gedacht, beabsichtigt, meist das Gegenteil. Nur die Zachanassian spricht aus, was sie denkt und will. Sie kann es sich leisten. Die Güllener lügen. Dürrenmatt: *«Der Besuch der alten Dame» ist eine Geschichte, die sich irgendwo in Mitteleuropa in einer kleinen Stadt ereignet, geschrieben von einem, der sich von diesen Leuten durchaus nicht distanziert und der nicht so sicher ist, ob er anders handeln würde; was die Geschichte mehr ist, braucht hier weder gesagt noch auf dem Theater inszeniert zu werden.*[112]

Friedrich Dürrenmatt belehrt nicht. Er stellt hin. Die Güllener – wenn wir denn alle Güllener sein sollen – sind, soweit Geld glücklich machen kann, glücklich, ohne üblen Nachgeschmack. Selbst Ills Witwe und Kinder leben auf, erheben sich zu einer höheren Lebensstufe, auch kulturell. Das Stück endet hymnisch. Die elegant gekleideten Güllener rekapitulieren im Stile eines antiken Chors die Handlung des Stücks, das anfängliche Elend, den Glücksumschwung. Durch ein Spalier psalmodierender Chorsprecher zieht die Prozession der Milliardärin mit Sarg und Gefolge zum Bahnhof.

ALLE: *Bewahre die heiligen Güter uns, bewahre / den Frieden / Bewahre die Freiheit. / Nacht bleibe fern / Verdunkle nimmermehr unsere Stadt / Die neuerstandene prächtige / Damit wir das Glück glücklich genießen.*[113]

Doch auch Güllen wird zur Hölle. Experten haben ausgerechnet, daß jeder Güllener 100 000 Franken erhält. Die sind bei dem neuen Lebensstil

(Wirtschaftswunder) schnell ausgegeben. Zweifellos lauern schon Spekulanten, ihnen den Rest des Geldes abzunehmen. Das Elend beginnt von vorn, nun noch schmerzlicher empfunden. Ist das tragisch? Wieso *tragische Komödie*? Kein Güllener verdient unser Mitleid. Allenfalls die Zachanassian selbst; vielleicht auch Ill. Ill sieht zum Schluß sein Unrecht ein. Muß er dann noch sterben? Die Zachanassian wird gern mit dem folternden Gott aus Dürrenmatts früher Prosa verglichen. Aber jener Gott folterte grundlos. Die Zachanassian will etwas geraderücken.

Nach der Uraufführung am 29. Januar 1956 im Schauspielhaus Zürich war der längst berühmte, vielgepriesene und vielgescholtene Autor endlich aller materiellen Sorgen ledig. Merkwürdig, daß Dürrenmatt selbst das Stück nicht schätzte. Ihm war der Welterfolg eher ein Beweis dafür, daß das Stück schlecht und flach ist. Seine Lieblingsstücke waren die erfolglosen *Romulus, Frank V.* und *Mitmacher*. Er war aber froh, daß er keine Rücksichten mehr auf den Markt zu nehmen brauchte, sondern schreiben konnte, was er wollte. Ionesco sagte ihm nach der Pariser Premiere, wenn er, Ionesco, ein solches Stück geschrieben hätte, würde er überhaupt nicht mehr schreiben, dann habe er ja ausgesorgt. Was tat er? Er schrieb die «Nashörner», war ebenfalls finanziell gesichert und arbeitete trotzdem weiter. Auf Dürrenmatt regnete es nun Ehrungen, Preise, Doktorhüte, Medaillen, Aufträge, Einladungen zu Vorträgen. Ein Teil dessen, was da auf ihn zukam, ist der Zeittafel im Anhang dieses Buchs zu entnehmen.

«Das Versprechen. Requiem auf den Kriminalroman»

1957 bestellte der Filmproduzent Lazar Wechsler bei Dürrenmatt eine Filmerzählung zum Thema Sexualverbrechen an Kindern. Das Thema war akut. Der Spielfilm sollte Eltern und Kinder vor der zunehmenden Gefahr warnen. Dürrenmatt schrieb ein Treatment, der Regisseur Ladislao Vajda das Drehbuch. Dürrenmatt war mit dem Produkt der Praesens-Film (Zürich) durchaus zufrieden, nicht aber mit dem Schluß seiner Geschichte. *Ich griff die Fabel aufs neue auf und dachte sie weiter, jenseits des Pädagogischen.*[114] Aus dem Filmstoff *Es geschah am hellichten Tag* wurde *Das Versprechen*.

Der Roman folgt zunächst der Filmerzählung. Ein Kind, Gritli Moser, ist mißbraucht und ermordet worden, in einem Waldstück an der Autostraße Zürich–Chur. In dem Film wird der Mädchenmörder mit den detektivischen Mitteln und Tricks eines allseits beliebten und geachteten Kommissärs entdeckt und unschädlich gemacht. Der Hausierer, der die Leiche gefunden hat, gerät zwar in Verdacht, viele Indizien sprechen gegen ihn, aber einen Schuldbeweis gibt es nicht, kann es nicht geben, der Hausierer hat mit dem Mord nichts zu tun. Er ist jedoch dem Druck der Dauerverhöre durch sich abwechselnde Beamte – auch eine Art Folterung – nicht gewachsen, legt, um endlich Ruhe zu haben, ein falsches Geständnis ab und erhängt sich in der Zelle. Der Fall ist abgeschlossen. Nicht für den Kommissär. Der, außer Dienst, als Privatmann, forscht weiter. Er will den wirklichen Mörder in die Falle locken. Und es gelingt ihm – im Film.

Im Roman macht sich Dürrenmatt über die Filmhandlung geradezu lustig. Er bricht die Filmgeschichte auf, macht sie durchsichtig, indem er sie den ehemaligen Kommandanten der Zürcher Kantonspolizei, Dr. H., dem Autor erzählen und natürlich ganz anders ausgehen läßt. Dr. H. steht den Kriminalromanen- und filmen der üblichen Machart kritisch, ja ablehnend gegenüber. Er nimmt den Autor, dessen Vortrag über das Schreiben von Kriminalromanen er besucht hat, von Chur nach Zürich im Wagen mit, weil er ihn schätzt, wenn auch nicht so sehr wie Max Frisch, der ihm näherliegt, wie er seinem Fahrgast bekennt. Dr. H. stellt die Möglichkeit kriminalistischer Wahrheitsfindung in Frage.

Der Kommissär des Romans, Matthäi, ist zwar tüchtig, aber unbeliebt, weil eigenbrötlerisch, kontaktarm, zum Schluß besessen von seiner Mission, den Mädchenmörder unschädlich zu machen, damit ihm nicht noch andere Kinder zum Opfer fallen. In einem Anfall von Sentimentalität schwört er der Mutter des ermordeten Mädchens «bei seiner Seligkeit», den Mörder zu fassen und der Gerechtigkeit zuzuführen. Schon Jahre zuvor sind Kindermorde an der Straße Zürich–Chur verübt worden. Matthäi ermittelt, daß ein großer Mann mit schwarzer Limousine das Gritli getötet haben muß. Also kauft er eine Tankstelle an der Straße, heuert ein der Ermordeten ähnliches Mädchen als Köder an – und wartet auf den Mörder. Tatsächlich, eines Tages berichtet das Mädchen von einem solchen Mann. Zur verabredeten Stunde kommt der dann doch nicht. Matthäi wartet und wartet, jahrelang, sein Versprechen kann er nicht halten, er wird trunksüchtig und verliert den Verstand. Der Mord wird nach Jahren von anderen Kriminalbeamten aufgeklärt. Der Mörder ist längst tot: auf der Fahrt zu dem Stelldichein tödlich verunglückt. Dr. H.: *Nun, das gibt es eben bisweilen. Das Schlimmste trifft auch manchmal zu. Wir sind Männer, haben damit zu rechnen, uns dagegen zu wappnen und uns vor allem klar darüber zu werden, daß wir am Absurden, welches sich notwendigerweise immer deutlicher und mächtiger zeigt, nur dann nicht scheitern und uns einigermaßen wohnlich auf dieser Erde einrichten werden, wenn wir es demütig in unser Denken einkalkulieren. Unser Verstand erhellt die Welt nur notdürftig. In der Zwielichtzone seiner Grenze siedelt sich alles Paradoxe an.*[115] Wieder werden wir auf Dürrenmatts Lieblingsgedanken gestoßen. Wir alle irren in einem Labyrinth umher, und der Zufall, der absurde, lächerliche, irreale, spielt die beherrschende Rolle. Den Kommissar, der durch Befragen, logisches Denken und Kombinieren einen Fall löst, gibt es nicht, kann es nicht geben. Daher Totenmesse: *Requiem auf den Kriminalroman.*

«Frank V. – Oper einer Privatbank»

Diese Bank ist ein höchst sonderbares Geldinstitut. Eingezahltes Geld sehen die Kunden nie wieder. Hier gilt die Devise, niemals ein ehrliches Geschäft abzuschließen. Kunden, die auf ihrem Recht bestehen, werden umgebracht. Ebenso unbestechliche Wirtschaftsprüfer. Titelfigur Frank V. fingiert seinen Tod, um als Privatier mit seiner Gattin einen beschaulichen Lebensabend zu genießen: Goethe und Mörike zu lesen. Es wird über die Bankverbrechen viel geredet und gesungen, praktisch geschieht nichts. Wir erfahren nicht, was wir doch allzugern wüßten, nämlich wie dieses Aufhäufen von Millionen und aber Millionen vor sich geht, drei kleinere Delikte, die auch noch schiefgehen, ausgenommen. Das ist für unsere Neugier zuwenig. Nach ein paar verunglückten Spekulationen droht der Zusammenbruch. Zudem wird die Bank erpreßt, von unbekannt. Nun ist diese Privatbank ein Kollektiv, die Mitglieder der verschworenen Mördergemeinschaft sollen und müssen laut Satzung ihre unrechtmäßig erworbenen Privatvermögen herausrücken, zur Rettung des Unternehmens. Wer sich weigert, wird erschossen. Die Kellerwände triefen von Blut. Es stellt sich heraus, der Erpresser ist der Sohn Frank des Fünften, der als Frank der Sechste an die Macht will, also sperrt er seinen Vater in den Tresor und läßt ihn verhungern, wenigstens in der ersten Fassung des Stücks.

Eine Unwahrscheinlichkeit reiht sich an die andere, und es ist schwer, sie mit dem heutigen Geschäftsgebaren in Einklang zu bringen. Der Sohn will denn auch Schluß mit den Wildwestmethoden machen. Ihm genügen die Gesetze, um die Betrügereien gewinnbringend fortzuführen.

Die Kritik hat nach dem Mißerfolg am 19. März 1959 im Schauspielhaus Zürich Brechts «Dreigroschenoper» zu Dürrenmatts Vorbild erklärt – und läßt davon bis heute nicht ab. Dürrenmatt konterte, er habe 1958 in Paris Shakespeares «Titus Andronicus» gesehen. Diese Aufführung habe ihn auf die Idee zu *Frank V.* gebracht. Shakespeare heute! Statt Königen und deren Günstlingen und Mordbuben nun Bankdirektoren, Prokuristen, Anlageberater, Kassenverwalter und Personalchefs.

Das Stück erlitt mehrere Umarbeitungen. Dürrenmatt verdeutlichte, verknappte. In der Neufassung für eine Aufführung in Bochum, die nicht zustande kam, ließ er die Bezeichnung Oper weg. Er nannte sein Stück nun *eine Komödie, mit Musik von Paul Burkhard* und blieb dabei: *Als eine moderne Anknüpfung an Shakespeare und nicht als eine an Brecht.*[116] Die Musik, freilich, ist leicht und lieblich. Das soll sie wohl auch sein, als Kontrast zu den schauerlichen Vorgängen in einer Welt der Kommerzialisierung der menschlichen Beziehungen.

Die Komödie enthält grandios-groteske Szenen, die jedoch zwischen den frostig wirkenden Künstlichkeiten verlorengehen. *Frank V.* hat nur wenige Inszenierungen erlebt, keine hatte Erfolg, worüber sich Dürren-

«Letzte Generalversammlung der Eidgenössischen Bankanstalt (Skizze zu einem nicht ausgeführten Kolossalgemälde)». Ölbild von Dürrenmatt, 1966

matt bitter beschwerte. Woran lag es? Im Nachwort zur ersten Buchausgabe des Stücks 1960 erklärt Dürrenmatt seine neue Dramaturgie. Der Weg, den sie eingeschlagen habe, sei *nicht ohne weiteres einzusehen. Ohne vom Komödiantischen, Spielerischen als ihrem Medium zu lassen, ist sie vom «Denken über die Welt» zum «Denken von Welten» übergegangen*[117], zu einer erdachten, künstlichen Welt also, die er der wirklichen gegenüberstellt. Das hat seinen Preis. Im ganzen Stück gibt es keine Person, die des Zuschauers Anteilnahme erweckt. Sie alle sind stilisiert, wirken marionettenhaft, ohne Eigenleben.

«Die Physiker.
Eine Komödie in zwei Akten»

Nach *Frank V.* dauerte es zwei Jahre, bis Dürrenmatt ein neues Stück auf die Bühne brachte: am 20. Februar 1962 im Schauspielhaus Zürich *Die Physiker*. Drei prominente Kernphysiker stellen sich verrückt und treffen in einem Irrenhaus zusammen. Der eine ist Ostagent, hält sich angeblich für Einstein, der zweite ist Westagent und hält sich angeblich für Newton. Beide belauern den Physiker Möbius, der vor fünfzehn Jahren in dieses Irrenhaus geflohen ist, um den Wirtschaftsbossen, Spitzenpolitikern und Militärs zu entgehen. Er gibt an, vom König Salomon besucht und inspiriert zu werden, und glaubt sich sicher. Von der Anwendung oder Unterschlagung der von ihm im Irrenhaus ausgearbeiteten Weltformel zur Aufhebung der Schwerkraft hängt die Weiterexistenz der Menschheit, des Erdballs, vielleicht des Kosmos ab. Als Möbius dies erkannt hatte, verbrannte er seine Aufzeichnungen. Vergebliche Liebesmüh. Die Leiterin und Besitzerin der Irrenanstalt hat die Papiere längst fotografieren und kopieren lassen, von ihrem Verkauf Fabriken erworben und einen Trust aufgebaut, der die Erde beherrschen und zerstören kann. Die Leiterin ist die einzige Verrückte in diesem Stück. In ihren Händen liegt das Schicksal des Erdballs, in den Händen einer Irren. Die drei Wissenschaftler sind

Proben zu «Die Physiker», mit dem Regisseur Kurt Horwitz und Therese Giehse, 1962

«Die Physiker», Uraufführung Zürich 1962: Hans Christian Blech, Theo Lingen, Gustav Knuth und Therese Giehse

miteinander einig geworden, ihre Forschungen aufzugeben. Sie haben die Rechnung ohne die weltmachthungrige Verrückte gemacht.

Die Physiker ist eine klassisch gebaute Komödie, mit brillanter Einführung, sich ständig steigernder Handlung bis zur fälligen *schlimmstmöglichen Wendung*, geschrieben in einer knappen Sprache, kein Wort zuviel, aber alles wird gesagt. Der Anfang ist lustspielhaft, trotz eines Mordes. «Einstein» hat seine Pflegerin mit der Schnur einer Stehlampe erdrosselt. Die Leiche liegt noch auf der Bühne, wenn auch diskret im Hintergrund, wenn Inspektor Voss den Fall untersucht, den zweiten dieser Art innerhalb von drei Monaten. Vor drei Monaten hatte Patient «Newton» seine Pflegerin erdrosselt, auf die gleiche Weise. Jetzt ertönt aus einem der benachbarten Zimmer Geigenspiel mit Klavierbegleitung, die «Kreutzersonate».

INSPEKTOR *Kann ich nun den Mörder –* OBERSCHWESTER *Bitte, Herr Inspektor.* INSPEKTOR *– den Täter sehen?* OBERSCHWESTER *Er geigt.* INSPEKTOR *Was heißt: er geigt?* OBERSCHWESTER *Sie hören es ja.* INSPEKTOR *Dann soll er bitte aufhören. (Da die Oberschwester nicht reagiert) Ich habe ihn zu vernehmen.* OBERSCHWESTER *Geht nicht.* INSPEKTOR *Warum geht es nicht?* OBERSCHWESTER *Das können wir ärztlich nicht zulassen. Herr Ernesti muß jetzt geigen.* INSPEKTOR *Der Kerl hat schließlich eine Krankenschwester erdrosselt!* OBERSCHWESTER *Herr Inspektor. Es handelt sich nicht um einen Kerl, sondern um einen kranken Menschen, der*

81

sich beruhigen muß. Und weil er sich für Einstein hält, beruhigt er sich nur,
wenn er geigt. INSPEKTOR *Bin ich eigentlich verrückt?* OBERSCHWESTER
Nein. INSPEKTOR *Man kommt ganz durcheinander. (Er wischt sich den*
Schweiß ab) Heiß hier. OBERSCHWESTER *Durchaus nicht.* INSPEKTOR
Oberschwester Marta. Holen Sie bitte die Chefärztin. OBERSCHWESTER
Geht auch nicht. Fräulein Doktor begleitet Einstein auf dem Klavier. Ein-
stein beruhigt sich nur, wenn Fräulein Doktor ihn begleitet.[118]

Der mit ärztlicher Empfehlung und Klavierbegleitung geigende Mörder: ein wirkungsvoller Kontrast! Von derart grotesken Widersprüchen

«Die Physiker I». Federzeichnung von Dürrenmatt, 1962

lebt das Stück. Endlich wird die Leiche hinausgetragen. Der erste Akt der
Physiker beginnt und endet mit einem Frauenmord. Die Erdrosselung
der drei Pflegerinnen wird vom Autor recht kühl behandelt, mechanisch,
als handle es sich um Puppen. Keine menschliche Regung, außer bei der
Ermordung der letzten, der in Möbius verliebten Schwester Monica.
Theatertode lösen nach «Dürrenmatts Willen bloße Heiterkeit aus», hat
sich der Literaturwissenschaftler Hans Mayer ereifert.[119] Brecht ging mit
Theatertoden recht sparsam um. Dürrenmatt häuft sie zu Leichenbergen.
Mörder, Henker und Scharfrichter gehören zu seinem Personal. Die

Gefühlskälte der Physiker «Einstein» und «Newton» entspricht ihrem Auftrag als Geheimdienstler. Möbius mußte seine Weltformel schützen. Die drei Damen waren hinter ihre Schliche gekommen, also mußten sie beseitigt werden. *EINSTEIN Der Vorfall tut mir außerordentilch leid... Befehl ist Befehl... Ich konnte nicht anders handeln... meine Mission stand in Frage, das geheimste Unternehmen auch meines Geheimdienstes.*[120] So schreitet man denn zum Abendessen. *Mahlzeit.*[121] Zum Schluß stellt sich heraus, die Morde waren sinnlos. Die Herkunft der Herren war der Anstaltsleitung längst bekannt. Aufgabe für Germanisten: Dürrenmatts Leichen zu zählen. Die Endzahl wird hoch sein. Auch in Dürrenmatts späten Texten wird fleißig gestorben. Es scheint, der Autor hatte keine rechte Beziehung zum Tod.

Möbius gilt als Gegenfigur zu Brechts Galilei, ein unangebrachter, aber immer wieder vorgetragener Vergleich. Brechts «Leben des Galilei» wurde 1943 in Zürich uraufgeführt, also vor Hiroshima, Dürrenmatts *Physiker* fast zwanzig Jahre später, als die Atombombenproduktion der Großmächte in vollem Gange war. Brecht selbst, seine Regisseure, Hauptdarsteller und Kritiker wurden sich über den Charakter Galileis niemals einig. Ist er nun ein Verräter des Fortschritts, oder ist er ein vernünftiger Mensch, der in aller Stille wissenschaftlich weiterarbeiten will? Tatsache ist, trotz des Forschungs- und Schreibverbots der Inquisition setzt er seine physikalischen Untersuchungen fort und schmuggelt eine Abschrift seiner «Discorsi» an den Augen seiner Wächter vorbei aus dem Haus, zum Wohle der Menschheit, wie angenommen wird. Dieses für die Entwicklung der Physik wichtige Werk, die «Unterhaltungen und mathematischen Demonstrationen über zwei neue Wissenszweige, die Mechanik (Festigkeitslehre) und die Lehre von den örtlichen Bewegungen (Fall und Wurf)», dient seinen Schülern als Grundlage für weiteres Forschen. Sich der Inquisition widersetzend hätte er dieses Buch nicht schreiben können. Was ist richtig? Sich zu opfern entspricht nicht seinem Wesen. Brechts Galilei ist gefräßig, furchtsam und fleißig. Dürrenmatts Möbius resigniert, verbrennt seine Papiere und setzt sich zu Ruhe.

Das kreidet Hans Mayer dem Autor der *Physiker* als «Zurücknahme» an. Er spricht von «Zeit». Die Zeit sei für Galileis Erkenntnisse reif gewesen. Er hätte ihnen nicht abschwören dürfen, sondern zu ihnen stehen müssen. Was aber ist das, die «Zeit»? Alle in ihr enthaltenen gesellschaftlichen Strömungen, rück- und fortschrittliche. Dürrenmatt sieht keinen Fortschritt, keinen Ausweg. Die drei Physiker unterhalten sich im zweiten Akt ganz offen miteinander. Beim Grundsatzgespräch «Einstein»–«Newton»–Möbius ändert sich der Ton der Komödie. Die demaskierten Wissenschaftler sprechen nüchtern, zur Sache, ohne Pointen. Seit Brecht hat die Vernichtungstechnik einen gewaltigen Sprung getan. Auf ihrer nächsten Entwicklungsstufe wird sie alles Leben mit einem Schlag auslöschen können. Vielleicht kann sie es schon jetzt. Die Physiker Dürrenmatts haben ein anderes Bewußtsein, als Brechts Galilei und Brecht selbst hatten, haben konnten. Möbius verweigert sich. Ist das «Zurücknahme» oder einzig mögliche Konsequenz? *MÖBIUS Unsere Wissenschaft ist schrecklich geworden, unsere Forschung gefährlich, unsere Erkenntnis tödlich. Es gibt für uns Physiker nur noch die Kapitulation vor der Wirklichkeit. Wir müssen unser Wissen zurücknehmen, und ich habe es zurückgenommen. Es gibt keine andere Lösung, auch für euch nicht.*[122]

Leider mißlingt diese «Zurücknahme». Zufällig? Daß die Leiterin der Nervenklinik selbst verrückt und zugleich Wirtschaftsführerin und höchst clever ist, war gewiß nicht vorauszusehen. Hätte Möbius in Anbetracht der Schwergewichtigkeit seines Problems nicht beizeiten recherchieren sollen? Ein Physiker ist kein Detektiv. In seinen *21 Punkten zu den Physikern* schreibt Dürrenmatt: *Planmäßig vorgehende Menschen wollen ein bestimmtes Ziel erreichen. Der Zufall trifft sie dann am schlimmsten, wenn sie durch ihn das Gegenteil ihres Ziels erreichen: Das, was sie befürchten, was sie zu vermeiden suchten (z. B. Oedipus).*[123] Zufall oder nicht, ist jeder planmäßig vorgehende Mensch zum Scheitern verurteilt? Nach Dürrenmatt: Ja. Es wird genügend Menschen geben, die dem zustimmen. Julien Green sagt in einem seiner frühen Romane: «Es gibt keinen Zufall, es gibt nur Bosheiten des Schicksals, und seine Verrätereien, von langer Hand vorbereitet, haben dieses zufällige Aussehen nur, weil wir die verborgenen Zusammenhänge nicht sehen.» Die Natur, die Menschheitsgeschichte, die Entwicklung der Wissenschaften, allen voran der Chemie und Physik, unterliegen Eigengesetzlichkeiten. Der Mensch ist Handlanger, Instrument. Seine Selbstüberschätzung hindert ihn an dieser Einsicht. Der Mangel an Einsicht verhindert eine Änderung. Sich zu ändern und den Lauf der Welt zu ändern, vermögen Menschen nur unter der Einwirkung von Katastrophen. Diese Chance wird nicht mehr lange bestehen. Es scheint, Chemie und Physik holen zum letzten Schlag aus.

Nach der stürmisch gefeierten Uraufführung bedauerte Joachim Kaiser, daß Dürrenmatts Atomstück «nur ein lustig-skurriles Zeitstück blieb, nur ein Versuch, nur eine Komödie für ein paar Jahre...»[124] Der Kritiker irrte. *Die Physiker* von 1962 wurden ein Welterfolg, werden, nach einem Vierteljahrhundert, immer noch viel gespielt und sind heute aktueller denn je.

Ausarbeitungen, Umarbeitungen, Philosophisches

Ein Jahr nach dem Erfolg der *Physiker* heimste der Autor wieder eine Niederlage ein, mit der Bearbeitung seines Hörspiels *Herkules und der Stall des Augias* für die Bühne. Der Hörspieltext war schon von Schulen und Laiengruppen auf die Bühne gebracht worden, als ob es nicht genügend Stücke speziell für Laien gäbe. Aber Dürrenmatt war Mode. Die

Ehefrau Lotti mit den Kindern Peter und Barbara

Komödienfassung des *Herkules* fiel auf der Bühne des *Physiker*-Triumphes durch. Die Handlung entspricht der des Hörspiels. In Augias' Schrebergarten ist der Mist zu Humus geworden. *Ich verstehe dich nicht mehr, Vater,* sagt Sohn Phyleus, den *zwei Sonnenblumen* und *einige jämmerliche Töpfe mit Geranien*[125] nicht überzeugen. Was soll dieses Gärtchen in einem Land voller Mist?

Nach dem Debakel mit *Frank V.* hatte sich Dürrenmatt drei Jahre Zeit gelassen, um mit den *Physikern* zu reüssieren. Nach der Niederlage mit *Herkules* dauerte es wiederum drei Jahre, bis er mit einem Erfolgsstück herauskam: mit dem *Meteor*. In den Zwischenzeiten bearbeitete er *Ein Engel kommt nach Babylon* und *Romulus der Große*, schuf eine Kammerspielfassung der *Alten Dame*, schrieb die Erzählung *Mister X macht Ferien*, die Fragment blieb. Schon 1953 hatte der *Geschäftsmann Dürrenmatt*[126] die Erzählung *Aufenthalt in einer kleinen Stadt* lukrativer Angebote wegen unfertig liegengelassen; erst 1978 veröffentlichte er sie, als Fragment. Er schrieb Gedichte, philosophische Betrachtungen und Buchbesprechungen, unter anderem über Robert Jungks Bestseller «Heller als tausend Sonnen», der Dürrenmatt Anregung und Material für die *Physiker* lieferte. Er schrieb über seine *Lieblingsgedichte*, über *Schriftstellerei als Beruf*, über *das Schicksal der Menschen*[127] und immer mal wieder über die Schweiz. In Mannheim hielt er anläßlich der Entgegennahme des Schiller-Preises einen Vortrag über Schiller, der jedoch mehr von Brecht handelte. Der wahre Klassiker war und ist für ihn Georg Büchner. Schiller ist ihm zu deklamatorisch, Büchner dagegen *politisch engagiert, revolutionär, «Krieg den Palästen, Friede den Hütten» schreibt er im «Hessischen Landboten», darauf mußte er ins Exil.*[128] 1986 bekennt Dürrenmatt: *Das historische Drama mit idealisierten Menschen, bei Schiller, interessiert mich nicht. Ich finde Büchner den viel Genialeren.*[129]

Immer wieder, so auch in dem Essay *Vom Sinn der Dichtung in unserer Zeit*, kam er auf die Selbstverantwortung des einzelnen zurück. *Alles Kollektive wird wachsen, aber seine geistige Bedeutung einschrumpfen. Die Chance liegt allein noch beim Einzelnen. Der Einzelne hat die Welt zu bestehen. Von ihm aus ist alles wieder zu gewinnen. Nur von ihm, das ist seine grausame Einschränkung.*[130]

«Der Meteor. Eine Komödie in zwei Akten»

Die Idee zu dieser sinistren Farce, uraufgeführt am 20. Januar 1966 im Schauspielhaus Zürich, kam dem Autor zugleich mit der zu den *Physikern*, 1960 im Unterengadin. – An einem tropisch heißen Tag stürzt in das ärmliche Atelier des jungen Aktmalers Nyffenschwander und seiner Auguste der Schriftsteller Schwitter, Nobelpreisträger, bekleidet mit Schlafanzug und Pelzmantel, beladen mit Koffern und zwei Altarkerzen nebst Kandelabern, und will sterben. Im Spital, dem er entwichen, war er schon vom Arzt für tot erklärt worden, stand dann wieder auf, unfähig zu sterben, was ihm hier hoffentlich gelingen wird, auf diesem armseligen Speicher, auf dem er vor 40 Jahren selbst darbte und schuftete. Hier hofft er die ewige Ruhe zu finden, er hat das Leben durchschaut und satt. Dieses Sterbenwollen ist dem vitalen Klotz schwer zu glauben, krakeelerisch laut birst er geradezu vor Lebenskraft. Sein Todeswunsch scheint eher eine Marotte zu sein, ein makaberer Jux. Vielleicht ist Schwitter ein besessener Komödiant, der, kerngesund, eine Mordsgaudi veranstaltet. Theater auf dem Theater! In Nyffenschwanders Kanonenofen verbrennt er lustvoll seine ungedruckten Manuskripte und Bündel von Banknoten, eineinhalb Millionen Franken. Die zumindest sollen nicht in die Hände seiner Erben fallen. Aber nicht Schwitter stirbt, einige seiner Besucher und Quälgeister sterben, eigentlich unnötig, dramaturgisch sinnvoll nur als Kontraste zu Schwitters Zählebigkeit. Schwitter findet auch an diesem versteckten Ort, beim armen unbegabten Maler und seiner Auguste, keine Ruhe zum Sterben, und er gibt ja auch keine Ruhe, das wäre wenig bühnenwirksam, er säuft, randaliert und geht mit Frau Auguste ins Bett.

Die Trauernden, die im Spital seine vermeintliche Leiche umstanden, umstehen ihn, einer nach dem anderen, nun hier. Zuerst Pfarrer Lutz. Der bringt das Wort «Auferstehung» ins Spiel: *Sie sind von den Toten*

*auferstanden. Daran gibt es wissenschaftlich nichts zu rütteln. In der Klinik
brach das Chaos aus. Der Hort des Unglaubens erzitterte. Ich bin wirblig vor
Freude ... Das Wunder, die Aufregung, die unmittelbare Nähe des Allmäch-
tigen ... SCHWITTER Auferstanden! Ich! Von den Toten! So ein Witz!*[131] Pfarrer Lutz trifft der Schlag. Erster Exitus. Der Meteor funkelt weiter.

Auch in den Kommentaren ist die Rede davon, daß dieser Schwitter
nicht scheintot war, sondern auferstanden ist. Für den Kritiker Friedrich
Luft war von vornherein klar, Schwitters Herz setzte ein paar Minuten
aus, und der Arzt diagnostizierte flüchtig und falsch. An metaphysische
Spekulationen verschwendet Luft keinen Gedanken. Dürrenmatt selbst:
*Der «Meteor» ist eine im Grunde sehr einfache und auch wieder sehr teuf-
lische Fabel: Ein Mensch, der nicht glaubt, ein Mensch wie wir, wird ständig aus dem Tode erweckt; er erlebt ständig das Wunder: Er ist tot und wird
wieder lebendig. Und dieser Mensch, weil er nicht glaubt, wird nie darauf
kommen, daß er tot war; er wird immer sagen: Das war ein Ohnmachtsan-
fall oder was auch immer. Das heißt, Lazarus ohne den Glauben wird nie
das Wunder akzeptieren können; das Wunder nützt gar nichts ohne den
Glauben ... Ich möchte sagen: Ich bin meiner Veranlagung nach ein reli-
giöser Mensch. Aber etwas muß ich anerkennen: Glauben kann durch
nichts bewiesen, Glauben kann durch nichts objektiviert werden, Glauben
ist rein subjektiv.*[132] Er nimmt das Auferstehungswunder also ernst, läßt
uns aber die Freiheit, nicht daran zu glauben. Es ist auch möglich, daß der
Autor, den einige Forscher als theologisch orientierten Dramatiker oder

Das Schauspielhaus Zürich, 1965

Leonhard Steckel als «Der Meteor», Uraufführung Zürich 1966

auch als Verfasser theologischer Komödien charakterisieren, diese metaphysische Stütze braucht, um der Fabel und den Personen Hintergrund
und Dynamik zu verleihen.

Zu Beginn des zweiten Akts ist Schwitter wieder einmal tot. Unter
Kränzen liegt er auf Nyffenschwanders Ehebett. Starkritiker Georgen
und Verleger Koppe sprechen die letzten Worte. Und was weiter, wenn
alle gegangen sind? *Im Bett richtet sich Schwitter auf. Feierliches Toten-
hemd. Kinnbinde. Um den Hals einen Totenkranz. Nimmt die Binde ab.*[133]
Der eifersüchtige Nyffenschwander will den Auferstandenen erschlagen.
Der hat nichts dagegen. Der greise Baulöwe Muheim, den wir vom ersten
Akt kennen, hindert den Eifersüchtigen daran, wirft ihn die Treppe hinunter. Nyffenschwander bricht sich den Hals. Der zweite Tote. Muheim
wollte sich am Anblick von Schwitters Leiche ergötzen. Der ist aber le-
bendiger und schlagfertiger denn je. Vor 40 Jahren soll er Muheims Frau
verführt haben. Das stellt sich nun als Irrtum heraus. Versöhnung. Aber
am Fuß der Treppe liegt der tote Nyffenschwander. Muheim wird verhaftet und abgeführt. Schwitter raucht und trinkt, und ihm fehlt eigentlich
nichts, außer daß er nicht sterben kann.

Zum bösen Schluß, wie könnte es anders sein, werden wir ins Bordell
geführt, verbal. Die Abortfrau Nomsen, Schwitters Schwiegermutter, un-

Mit Regisseur Leopold Lindtberg (l.) und Bühnenbildner Teo Otto (r.) bei den Proben zum «Meteor», 1966

terhält neben ihrer Tätigkeit als Toilettenfrau ein Bordell. Schwitter ist verheiratet mit einer sehr jungen Frau, Olga, einer ehemaligen Hure, und hatte auch sie satt. Frau Nomsen kommt, sich zu beschweren, denn Olga hat sich das Leben genommen. Die dritte Tote. Olga nahm Gift, nachdem ihr der geliebte Mann den Laufpaß gegeben hatte. Ein so attraktives Mädchen, was alles hätte aus ihr werden können! Aber sie leistete sich Gefühle. Darin sind sich Bordellmutter und Schriftsteller einig, Gefühle darf man sich, will man Erfolg haben, bei der Arbeit nicht leisten. *Sie sind mir ungemein sympathisch . . .* erklärt der Nobelpreisträger, *Sie gaben sich mit Hurerei ab, ich bloß mit Literatur. Gewiß, ich gab mir Mühe, anständig zu bleiben. Ich schrieb nur um Geld zu verdienen. Ich ließ keine Moralien und Lebensweisheiten von mir. Ich erfand Geschichten und nichts weiter. Ich beschäftigte die Phantasie derer, die meine Geschichten kauften, und hatte dafür das Recht zu kassieren, und kassierte. Mit einem gewissen Stolz, Frau Nomsen, darf ich nachträglich sogar feststellen: Ich war Ihnen geschäftlich und moralisch nicht ganz unebenbürtig.*[134] Frau Nomsen hört nicht mehr zu, sie ist in ihrem Sessel sanft entschlafen. Die vierte Leiche. Die Komödie endet mit einer ironischen Apotheose der Heilsarmee auf den wiederauferstandenen Schwitter. Der schreit: *Wann krepiere ich denn endlich!*[135]

Den *Meteor* hielt Dürrenmatt für sein persönlichstes Stück. Es ist, bei aller verblüffenden Situationskomik, ein gewaltiges Donnerwetter mit Blitz und Schwefel über das ganze verteufelte Leben nebst kommerzialisiertem Literaturbetrieb. *Das Leben ist grausam, blind und vergänglich. Es hängt vom Zufall ab.*[136] – *Der Meteor*, erklärt Dürrenmatt an anderer Stelle, *ist eigentlich meine Auseinandersetzung mit der Welt meines Vaters. Der Stoff geht auf groteske Dinge zurück, wie etwa, daß wir immer auf dem Friedhof spielten. Wenn meine Eltern etwas miteinander zu besprechen hatten, gingen sie auf dem Friedhof spazieren, und wir spielten um die Gräber herum, und einmal bin ich mit einem Spielkameraden in ein leeres Grab gestiegen, und plötzlich stand die Gemeinde da, mein Vater fing schon an zu beten, und ich mußte erst herauskriechen . . . Die Frage: Wie entsteht ein Stoff? ist schwer zu beantworten. Das sind lange, fast alchimistische Prozesse . . .*[137]

Die dritte Schaffensphase (1966–1990)

«Die Wiedertäufer.
Eine Komödie in zwei Teilen»

Der Meteor war Dürrenmatts dritter und letzter Welterfolg. Danach wandelte sich der philosophierende Theatermann zu einem theaterverliebten Philosophen, eine Entwicklung, die sehr langsam verlief. Die Bearbeitung seines Stücks *Es steht geschrieben* ist der Versuch, an die großen Bühnenerfolge anzuknüpfen. Litt die erste Fassung an überbordender Phantasie, religiösen Höhenflügen, sprachlichen Exzessen, so ist die Neufassung sehr viel kürzer und nüchterner. Das Geniewerk von 1946 wurde zu einem praktikablen Theater auf dem Theater.

Hauptperson ist nun der arbeitslose Komödiant Bockelson, der an nichts glaubt, auch an die Wiedertäuferei nicht, der einzig den Theatereffekt liebt, die von religiösen Schauern heimgesuchte Wiedertäuferstadt ist seine Bühne. Nicht nur er selber spielt Theater – läßt sich zum König von Münster krönen –, er hält das Geschehen in und um Münster für Theater, Welttheater. Selbst den ehemals reichsten Mann der Stadt, Knipperdollinck, den jetzt jenseitssüchtigen Asketen, nehmen Bockelson und sein Autor nicht mehr ernst. KNIPPERDOLLINCK *Donnere, Allmächtiger, donnere, zerschmettere mich ob meiner Sünden.* BOCKELSON *Großartig. Wirkt echt verzweifelt. Gratuliere.* KNIPPERDOLLINCK *Gott schweigt. (Starrt nach oben.)* BOCKELSON *Was soll er auch antworten?* KNIPPERDOLLINCK *Nichts als eine leere Bühne.* BOCKELSON *Es gibt nichts anderes.* KNIPPERDOLLINCK *Ich bin verloren.* BOCKELSON *Gepriesen sei deine Verzweiflung, ärmster meiner Untertanen, sie hält sich ans Religiöse und bordet nicht in politische Forderungen über. Du bist würdig, meine Schleppe zu tragen und mit mir über die Bühne des bischöflichen Theaters zu tanzen.*[138]

War *Es steht geschrieben* ein *Drama*, sind *Die Wiedertäufer* programmgemäß *eine Komödie*. Es geht nicht mehr um ein religiöses Ärgernis (Erwachsenentaufe, Vielweiberei), das wird von den Gegnern, dem Bischof von Münster und den Kirchenfürsten, lächelnd hingenommen. Es geht um ein besitzrechtliches Problem (Gütergemeinschaft!), dieses ist für die

Bernhard Knipperdollinck.
Kupferstich von Christoph von Sichem, 1606

Kirchenherren das Anstößige, Revolutionäre, Auszubrennende. Und nur um der alten Privilegien willen stellen die frommen Herren dem Bischof von Münster zwecks Belagerung und Aushungerung seiner lieben Stadt Truppen zur Verfügung.

Der neuen Tendenz des Autors und seines Stücks entsprechen trockene Dialoge, in einer gestochen scharfen Sprache, kurze Sätze, hart und spitz, Pathos und Lyrik wurden zurückgedrängt. Durch den neuen Stil gewann das Stück an Direktheit, Aggressivität. Aber «Lösung bringt es nicht», schrieb Dürrenmatts Apologetin Elisabeth Brock-Sulzer 1967, «Trost bringt es nicht, aber den heilsamen Zwang, das, was es sagt, durchzudenken, mitzudenken. Und was er sagt, geht unmittelbar auf Wesen und Treiben unserer Welt.»[139] Das mag sein. Aber um das Wesen und Treiben unserer Welt durchzudenken, gehen eigentlich die wenigsten ins Theater.

Sie wollen etwas erleben, miterleben. Der siegreiche Bischof, an die hundert Jahre alt, schließt das Stück mit den Worten: *Diese menschliche Welt muß menschlicher werden.*[140] Wieso denn? Menschlicher als sie ist, kann sie kaum werden. Was heißt menschlich? Überbevölkert, vergiftet, in Gefahr, jeden Augenblick auseinandergesprengt zu werden? Aber Dürrenmatts Bischof meint wohl und wünscht: freundlicher, toleranter, sozial gerechter. Nur eben das ist nicht menschlich. Es ist Illusion, Utopie.

Die Wiedertäufer. Eine Komödie in zwei Teilen wurde am 16. März 1967 im Schauspielhaus Zürich uraufgeführt. Publikum und Kritik reagierten zurückhaltend. Das Stück wurde an mehreren Bühnen nachgespielt, erlebte aber keinen durchschlagenden Erfolg. Komödiant Bockelson konnte das Publikum nicht mitreißen. Er blieb, selbst in bester Besetzung, eine von Dürrenmatt erdachte Bühnenfigur, ein Hirnprodukt ohne Fleisch und Blut.

Nach den *Wiedertäufern* begann eine Reihe von Bearbeitungen von Stücken auch anderer Autoren und die Publikation von Essays teils erheblichen Umfangs. Von nun an verlief Dürrenmatts Produktion zweigleisig. Das essayistische Schaffen wurde angeregt durch Einladungen zu Vorträgen, die Bearbeitung von Stücken hing mit Dürrenmatts praktischer Theaterarbeit in Basel, Zürich und Düsseldorf zusammen. Als Co-Direktor neben Werner Düggelin, der die Uraufführung der *Wiedertäufer* inszeniert hatte, war Dürrenmatt für den Spielplan des reorganisierten Stadttheaters Basel mitverantwortlich. Schon im Oktober 1967 hatte er sich entschlossen, eine feste Stellung anzunehmen. Er plante eine Bearbeitung der «Acharner» von Aristophanes und eine Inszenierung des «Urfaust». Eröffnet wurde die Basler Ära Dürrenmatt/Düggelin am 18. September 1968 mit einer Inszenierung Düggelins der Dürrenmattschen Bearbeitung von Shakespeares «König Johann».

«König Johann. Nach Shakespeare»

«König Johann» ist Shakespeares Bearbeitung des gleichnamigen Stücks eines Unbekannten. Nun wurde aus einer Shakespeareschen Königstragödie eine Dürrenmattsche Gangsterkomödie im Kostüm des 13. Jahrhunderts, und eigentlich müßte dieses neue Stück «Der Bastard» heißen. Dürrenmatts Hauptinteresse gilt der Rolle von Richard Löwenherz' illegitimem Sohn, dem Bastard Richard. Bei Shakespeare ist er ein rabiater Saufbold und Weiberheld, bei Dürrenmatt die Stimme der politischen Vernunft, Ratgeber König Johanns. Aber die Politik richtet sich nach moralischen Grundsätzen am allerwenigsten. Geht es heute in Politik und Wirtschaft um Macht- und Geldgewinn, ging es anno dazumal um Ländereien und ihre Bewohner, die nach Belieben verschachert wurden, von einer Hand in die andere fielen, das Volk selbst wurde nicht gefragt, hatte nur die Lasten der Kriege, die um seinen Besitz geführt wurden, zu tragen. Dürrenmatts Bastard macht aus dem leidenden Volk ein Handlungsmotiv – und richtet mit seiner Moral nur Unheil an. Und die Kirche, als Vertreterin Gottes ängstlich auf ihre Privilegien bedacht, mischt überall mit.

Der Bastard steht außerhalb dieses Systems..., erläuterte Dürrenmatt sein Stück. *Gewalt erscheint ihm als Gewalt und nicht als göttliche und damit unverständliche Weltordnung oder als Schicksal... Indem Johann dem Bastard gehorcht, wird er zum Reformpolitiker. Doch jede Reform ruft den Widerstand des ganzen Systems hervor, so daß jeder vernünftig durchgeführte Zug durch die Reaktion des Systems eine noch schlimmere Lage schafft, die wiederum den Bastard und Johann zu noch tiefgreifenderen Reformen zwingen, bis sie schließlich die Magna Charta vorschlagen. Auch spielt, wie bei jeder Politik, der Zufall mit hinein und der Umstand, daß nie alle Handlungen vorauszuberechnen sind. Zu viele Faktoren sind in der Politik im Spiel, als daß sie narrenfrei sein könnte.*[141]

Fiasko und Chaos von Machtpolitik zu demonstrieren, sparte der Autor nicht mit Groteskszenen. Der König von Frankreich und der Dauphin sitzen in Waschzubern bei ihren Gesprächen mit dem päpstlichen Gesandten. Oder der Kardinal liegt frierend im Bett und läßt sich von Mönchen eine Wärmflasche nach der anderen bringen, indes König Johann im Büßerhemd vor ihm auf den Knien rutscht, um dann, bei der Kälte!, zum Kardinal unter die Decke zu kriechen, und das bei Verhandlungen von weltgeschichtlicher Bedeutung. Ein Ritter bearbeitet fluchend seine verregnete Rüstung mit einem Schraubenschlüssel, anscheinend ist er eingerostet. Das ist der Stil. Und wie mit Gegenständen des Alltags wird mit abgeschlagenen Köpfen und zerschmetterten Leichen hantiert. *König Johann* war ein großer Erfolg, auch bei der Presse. Sie fand, aus einem schwachen Shakespeare war ein starker Dürrenmatt geworden.

«Play Strindberg.
Totentanz nach August Strindberg»

Von allen Bearbeitungen Dürrenmatts ist *Play Strindberg* die erfolgreichste. Als er das Stück für seine Inszenierung in Basel durchzuarbeiten begann, merkte er, daß die üblichen Striche nicht genügen würden. Strindbergs «Totentanz» von 1900 war für ihn *Literatur (Plüsch × Unendlichkeit)*[142], das heißt zu inbrünstig, schwülstig, wortreich. Dürrenmatt verwandelte die Ehetragödie in eine sarkastische Komödie über eine Ehetragödie, indem er sich über den Strindbergschen Ehekrieg auf eine maliziöse Weise lustig machte. Er nahm nicht wie Strindberg den Standpunkt des zu Tode gequälten Ehemanns ein, als Komödienschreiber stellte er sich über die Situation, schrieb aus ironischer Überlegenheit heraus. Er

Das Stadttheater in Basel

teilte das Stück wie einen Boxkampf in zwölf Runden ein, ein Gong gab den Ring für den nächsten Schlagabtausch frei. Auf den Proben, in Zusammenarbeit mit den Schauspielern, wurde der Text endgültig festgelegt. Dabei wurden die Dialoge auf ein Minimum reduziert. Dürrenmatt erwartete von den Schauspielern, daß sie die Lücken durch Spiel ausfüllten. Bei der Uraufführung in der Basler Komödie, einem dem Stadttheater zugeordneten kleinen Haus, am 8. Februar 1969 glückte dies. Als *Übungsstück für Schauspieler* bezeichnete Dürrenmatt seinen *Totentanz Play Strindberg*, genannt nach der damaligen Mode, klassische Musik zu verjazzen, zum Beispiel «Play Bach».

Man kann einwenden, daß die Ehehölle bei Strindberg um etliches böser, heißer, diabolischer ist, zumal beide Partner, besonders die Frau, immer noch so etwas wie Liebe füreinander empfinden. Derartige Nuancen überspielt Dürrenmatt. Und Kurt, der dritte im Ring, der bei Strindberg von der Frau verführt wird, aber abreist, um Schlimmeres zu verhüten, ist bei Dürrenmatt ein reicher Gangster aus Amerika, dem der Ehekrawall einen Riesenspaß macht.

Zu Beginn der Spielzeit 1969/70 kam es zu Differenzen zwischen den Direktoren in Basel. Nach längerer Krankheit sollte Dürrenmatt aus-

96

gebootet werden. Mit großem Einsatz angetreten und erfolgreich gestartet, fühlte er sich nun an die Wand gedrückt. Dürrenmatt erklärte seinen Rücktritt.

Bevor er an den Ort seiner Triumphe, ans Zürcher Schauspielhaus, zurückkehrte, reiste er mit Frau Lotti nach Amerika, um die Ehrendoktorwürde der Temple University, Philadelphia, entgegenzunehmen. Dann flogen die Dürrenmatts nach Florida, Yukatan, Jamaika, Puerto Rico und schließlich nach New York. Was sie auf dieser Reise erlebten, schildert Dürrenmatt in einem kleinen Buch: *Sätze aus Amerika*[143]. Der

Uraufführung von «Play Strindberg», Basel 1969. Regine Lutz als Alice, Klaus Höring als Kurt, Horst-Christian Beckmann als Edgar

erste Teil enthält Beobachtungen und Begegnungen, der zweite eine Gegenüberstellung von USA und UdSSR nebst dem vorsichtigen Versuch einer politischen Diagnose. Zweimal war er in der UdSSR gewesen. 1964 zur Gedenkfeier zum 150. Todestag des ukrainischen Nationaldichters Taras Schewtschenko und 1967 zu einem Schriftstellerkongreß. Welchem System gibt er eine Chance? Eigentlich keinem. Und in vielem ist seine Diagnose überholt. Wenn er zum Beispiel sagt, daß die Sowjet-Union machtpolitisch und darum unwirtschaftlich denke, die USA aber wirtschaftlich und darum Mühe hätten, machtpolitisch zu denken, so müssen wir letzteres heute vollständig anders sehen.

«Goethes Urfaust»

Aus den USA zurückgekehrt wurde Dürrenmatt Mitglied des Verwaltungsrates der Neuen Schauspiel A. G. Zürich. In Zürich inszenierte er als erstes eine Bearbeitung von Goethes «Urfaust». Im «Urfaust» fehlt die Szene mit dem Teufelspakt. Der Teufel steht plötzlich da, und der Pakt ist bereits geschlossen. Dürrenmatt führt den Mephisto recht ungewöhnlich ein: als Leiche, die auf Faustens Seziertisch liegt und an der Faust philosophierend herumschneidet, sogar ein Stück Darm herausholt und in ein Glas mit Spiritus versenkt. Zum Schluß der Sektion richtet sich der Rest der Leiche auf und stellt sich vor: *Mephistopheles. FAUST (ergreift die entgegengestreckte Hand) Faust.*[144] In der nächsten Szene schließen sie den Pakt. Dürrenmatt begriff den «Urfaust» nicht als Dramenfragment, sondern als eine geniale Ballade, dem Volksbuch von Doktor Faustus aus dem Jahre 1587 näher als «Faust I». Also nahm er im Sinne seines epischen Theaters Stellen aus dem alten Buch hinzu, dazu eigene erläuternde Szenen und Kommentare zum Thema Faust. Faust war und blieb ein alter Mann, eine Verjüngungskur wie in «Faust I» fehlt im «Urfaust». Der alte Mann verführt ein junges Mädchen und läßt es in der Not im Stich.

Bei Dürrenmatt, der, wie immer, bis an die Grenze des Konsumierbaren geht, ist Faust ein Greis und Gretchen fast noch ein Kind. Dürrenmatt überhöht, zieht zusammen, konfrontiert. Während Gretchens Bruder Valentin auf dem Friedhof ihrer Mutter Sarg zunagelt, spricht Gretchen die Verse «Meine Ruh ist hin», akzentuiert von den Hammerschlägen, eine Simultanszene. Um zu zeigen, daß das junge Lieschen und die Kupplerin Marthe ein und derselben abscheulichen Sorte Mensch zugehören, legt Dürrenmatt die Rollen zusammen: Frau Marthe übernimmt Lieschens Text. Im Dom – «Nachbarin! Euer Fläschgen!» – setzen mit viel Geschrei die Wehen ein, Gretchen kommt nieder. In der 8. Szene hatte Mephistopheles aus dem Volksbuch zitiert: *Nachdem nun Doktor Faust seine schändliche Unzucht mit dem Teufel getrieben hatte, überkam ihn in seiner Unersättlichkeit die Sehnsucht, eine unschuldige Jungfrau zu verführen und an Leib und Seele zu verderben.*[145] Aber in der 22. Szene – Gretchen ist verhaftet und zum Tode verurteilt – packt den senilen Verführer denn doch die Reue wie Faust in Goethes «Urfaust». Breit ausgespielt werden die beiden letzten der 24 Szenen *Blutgerüst (‹Rabenstein›)* und *Blutgerüst.* Wie schon der «Böse Geist» im Dom in Bischofsrobe auftrat, so sind die Rabensteiner Hexen beim kirchenfeindlichen Dürrenmatt Kerle, sie gehen durchs ganze Stück und heißen *Kardinal, Bischof, Abt, Mönch.* Goethes Kerker genügt nicht. Ein Richtpflock wird auf die Bühne gewuchtet, davor ein Korb mit Stroh für Gretchens Köpfchen gestellt. Der Henker schärft das Beil auf einem Schleifstein, den die Hexe *Abt* dreht. *Margarete wird vom Mönch geschoren... Der Priester gibt Margarete die Oblate... Margarete, geführt vom Mönch, besteigt das Blutgerüst und legt den Kopf auf den Richtpflock... Der Henker holt zum Schlag aus.*[146] Dann hält Mephisto die Zeit an, und Goethes Faust setzt sich noch einmal in Szene. Aber MARGARETE... *mir grauts vor dir Heinrich.* MEPHISTOPHELES *Sie ist gerichtet! (Mephistopheles nach links ab. Der Henker läßt das Beil fallen. Vorhang.)*[147]

Friedrich Dürrenmatt nutzte jede Gelegenheit, uns das Gewalttätige, Satanische, Sadistische im Menschen vorzuführen. Das ist der Sinn auch seines *Urfaust.*

«Porträt eines Planeten. Übungsstück für Schauspieler»

Dieses *Übungsstück für Schauspieler* sei auch eines, so Dürrenmatt, *für Menschen, die sich noch nicht an die Situation gewöhnt hätten, in der sich die Menschheit befinde.*[148] Durch das vernunftwidrige Verhalten der Menschen wird deren Ende mit an Gewißheit grenzender Wahrscheinlichkeit sehr bald herbeigeführt, und wenn nicht auf diese Weise, dann durch unvermeidbare kosmische Einwirkungen. Eines Tages ist es soweit. Die Sonne platzt, geht *hops*[149], vier Götter schauen gelangweilt zu. Acht Personen, vier Männer und vier Frauen, spielen Menschheitsgeschichte – Überwindung des Kannibalismus durch Tierfleischnahrung, Völkermorde, Rassenhetze, Vietnam-Krieg, Weltraumfahrten, Drogenekstasen, Diplomatengewäsch, verfehlte Attentate, Folterungen, die Menschen machen von der Möglichkeit, vernünftig zu handeln, keinen Gebrauch. Szenen gehen ineinander über, eine Stunde und 35 Minuten dauert das Spiel der Akteure in Einheitskleidern mit wechselnden Kostümteilen und Requisiten auf einem Podest – unserem blauen Planeten. Das Fehlen einer durchgehenden Handlung macht dieses Lehrstück wirkungslos, es liegt ihm «nur» eine Idee zugrunde, eine Moral, keine individuellen Einzelschicksale, die unsere Teilnahme wecken könnten,

die Menschheit ist eine abstrakte Größe, die unsere Identifikationsmöglichkeit überfordert.

Die Sprache ist wieder sehr knapp. Dürrenmatt geht stellenweise über das Stichwortartige von *Play Strindberg* hinaus. Wieder sollen die Schauspieler, schwebt ihm vor, mehr durch ihr Spiel aufzeigen als durch

«Shakespeare». Federzeichnung von Dürrenmatt, 1967

Worte. Die Pausen zwischen den Sätzen seien wichtiger als die Sätze
selbst.

Das Stück, für Basel geschrieben, wurde, nach den Differenzen dort,
am 8. November 1970 im Kleinen Haus des Düsseldorfer Schauspiels uraufgeführt, war aber kein Erfolg, konnte keiner sein, obgleich Dürren-

matt die Regie von Erwin Axer angemessen fand. Ebenfalls kein Erfolg war das revidierte *Porträt eines Planeten* unter der Regie des Autors ein paar Monate später im Schauspielhaus Zürich.

«Titus Andronicus.
Eine Komödie nach Shakespeare»

Shakespeares Jugendwerk bestand, im Geschmack jener Zeit, aus einer Reihung blutrünstiger Missetaten. Die Menschen vergewaltigen, verstümmeln, foltern, morden einander, fressen einander auf. Sie sind einzig und allein mit Greueltaten beschäftigt. In Shakespeares tragischem «Titus» werden vierzehn Personen elendig umgebracht, in Dürrenmatts *Komödie* sind es zwanzig. Was ist Komisches an abgehackten Händen, herausgerissenen Zungen und durchschnittenen Kehlen? Damit das Stück auf Dürrenmattsche Weise komisch wirkt, hat der Autor Shakespeares Widerhall auf die Greuel, die Schmerzensklagen der Opfer, gestrichen. Nur die Fakten führt er vor, knapp und hart, sie sollen für sich sprechen, ohne die leidvollen Jammertiraden, die dem einen oder anderen Zuschauer denn doch ans Herz gehen könnten. Mit dem Weglassen dieser Resonanzen wurden die elementaren Gesetze des Theaters verletzt. Der Komödienschreiber hatte sich verrechnet. Ohne die Ausbrüche der Opfer wirkt das Stück hohl, abstrakt, sinnlos. Bei Shakespeare sind die Reaktionen der Gequälten das Eigentliche, Wesentliche, um ihretwillen wurde das Drama geschrieben. Dürrenmatt kehrt auch das Ende des «Titus» um. Shakespeares optimistischen Ausblick verkehrt er ins Gegenteil. Bei Shakespeare spricht Titus' Sohn Lucius die Schlußverse: «Dann ordnen wir mit Weisheit unsern Staat, / Daß solch Verderben ihm nie wieder naht.» Bei Dürrenmatt liegt Lucius erstochen in seinem Blut, und Gotenfürst Alarich, vom Bearbeiter in das Stück hineingenommen, beschließt die *Komödie* mit den Worten: *Was soll Gerechtigkeit, was soll da Rache? / Nur Namen sind's für eine üble Mache. / Der Weltenball, er rollt dahin im Leeren / Und stirbt so sinnlos, wie wir alle sterben: / Was war, was ist, was sein wird, muß verderben.*[150]

Titus Andronicus konnte in dieser entseelten Fassung nicht überzeugen. Bei der Uraufführung am 12. Dezember 1970 im Schauspielhaus Düsseldorf in der Regie des Intendanten Karlheinz Stroux fiel das Stück durch.

«Der Sturz»

Bei der Eröffnungszeremonie des Schriftstellerkongresses am 22. Mai 1967 im großen Kremlsaal saß wenige Meter von mir, unbeweglich, steinern, todernst, das versammelte Politbüro der Sowjetunion – Breschnew, Kossy-

gin, Podgorny, Suslow usw., das ganze Machtkollektiv – an einem langen Tisch, hinter ihm ein immenses Leninprofil, überall Blumenstöcke, Schnittblumen, ein Arrangement von monumentaler Spießbürgerlichkeit.[151] *Auf der Rückfahrt mit sowjetischen Kollegen ins Hotel entstand eine aufgeregte Diskussion über die Sitzordnung des Politbüros. Sie war anders als sonst gewesen, irgendeiner hatte gefehlt... Als wir das Auto verließen, hatte ich den «Sturz» konzipiert...*[152]

Die Erzählung *Der Sturz* erschien vier Jahre später. Das Machtkollektiv (dreizehn Vollmitglieder und zwei Anwärter) versammelt sich zu einer Sitzung. Keiner wird mit Namen genannt, einige mit Spitznamen. Dürrenmatt kennzeichnet die Personen mit Buchstaben von A (Stalin) bis P (dem Jugendbeauftragten). Die Sitzordnung an dem Konferenztisch hat der Autor zweimal aufgezeichnet, einmal zu Beginn, ein zweites Mal am Ende der Sitzung, nach dem Sturz. Der Leser tut gut daran, hinter jedem Buchstaben das betreffende Amt zu notieren, dazu den Spitznamen, sonst findet er sich bald nicht mehr zurecht. Dürrenmatt seziert den Charakter jedes einzelnen und enthüllt die Intrigen, in die er verstrickt ist. Diese werden erzählt aus der Sicht des harmlosen jungen Postministers N. O, Minister für Atomenergie, fehlt. Ist O kaltgestellt, verhaftet, schon erschossen?! Wer hat Os Fall veranlaßt? A selbst? Oder der Chef der Geheimpolizei, der drittmächtigste Mann im Staat? Wer ist das nächste Opfer? Wer hat sich mit O gutgestanden, ihn gefördert? Der gerät nun selbst in Verdacht, als Komplice, Landesverräter, Feind der Partei, also Faschist.

Zu Beginn der Sitzung läßt A wie üblich eine Kurzfassung der Geschichte der Revolution und deren Folgen für die Spitzenfunktionäre vom Stapel, dann kündigt er an, dieses Gremium aufzulösen. Warum? Eine ideologische Begründung ist leicht zur Hand. Nichts billiger als Worte. In Wahrheit will A allein herrschen, ohne Politbüro. Aber da geht er zu weit. Die Betroffenen wehren sich. Es geht um ihre Privilegien, um ihre Existenz. Sie benehmen sich völlig entfesselt, schreien, heulen, drohen, schwitzen, schlottern, gestikulieren, äußern nun endlich einmal, was sie denken, fühlen, fürchten, stülpen aus sich heraus, was sie sonst vorsichtig, heuchlerisch, eisig lächelnd für sich behalten. Dürrenmatt läßt die Spitzenfunktionäre ihre Ängste ausleben, ekstatisch. Er macht die Monster transparent. Nur A bleibt ruhig; daß er zu weit gegangen ist, merkt er zu spät.

Bis hierher kann der Leser dem Autor folgen. Nun aber kommt Dürrenmatt auf die Idee, daß das Politbüro seinen Chef umbringt. Der sieht sogar ein, daß dies zu Recht geschieht! Er läßt seine Strangulierung durch den Ältesten ohne weiteres zu. Das stimmt mit dem Geschichtsbild des sowjetischen Politbüros oder sonst einer Diktatur mitnichten überein. Der Tod des Tyrannen ist sinnlos. Ein anderer tritt an seine Stelle. Am System ändert sich nichts.

Reisen, Reden, Essays

Während der Versuche mit Übungsstücken und Bearbeitungen ging Dürrenmatt mehrfach auf Reisen, auf den Reisen hielt er Reden, aus den Reden entwickelte er Essays. Vor Studenten der Mainzer Johann-Gutenberg-Universität hielt er 1968 einen Vortrag über *Gerechtigkeit und Recht,* der sich in Neuchâtel zum *Monstervortrag* auswuchs. Als Beitrag zu den Studentenunruhen jener Jahre kann der Text nicht gerechnet werden, dazu ist er zu allgemein gehalten. In diesem Vortrag, schreibt Dürrenmatt im *Nachwort, wird nicht versucht, die politische Wirklichkeit dieser Welt erschöpfend zu zeichnen, sondern nur, auf einige ihrer Gesetze*

Beim Literarischen Colloquium, 1971

hinzuweisen[153]. Gerechtigkeit und Moral sind angesichts der menschlichen Unvernunft nicht realisierbar, weder in der kapitalistischen Gesellschaft noch in einem «klassenlosen Staat», der gar nicht möglich ist. Der Kommunismus ist für den Feind jeglicher Ideologie Friedrich Dürrenmatt getarnter Faschismus. In Buchform erschien der Text nebst einem *helvetischen Zwischenspiel*. Dieses richtet sich unter anderem gegen den Schweizer Aufruf von 1969 zur «geistigen Landesverteidigung». *Wer sich geistig zu verteidigen versucht, muß Furcht oder ein schlechtes Gewissen haben. Die Schweiz hat beides: ein schlechtes Gewissen, weil sie sich als Lamm ausgibt und deshalb an die Menschlichkeit der Wölfe appelliert, sich ihnen nützlich zu machen versucht und die Nachtapotheke des Roten Kreuzes unterhält; Furcht, weil sie in Wirklichkeit eben doch ein Wolf ist, freilich ein so kleiner, daß sie ständig fürchtet, von anderen Wölfen zerrissen zu werden, und deshalb instinktiv die Zähne fletscht...*[154] Das Hobbessche «Wölfe- und Lämmerspiel» zur Veranschaulichung des kapitalistischen Systems zieht sich durch den ganzen Essay. Im übrigen war Dürrenmatt gern Schweizer und schlug sich gern mit seinen Landsleuten herum, hätte aber auch nichts dagegen gehabt, Deutscher oder Franzose zu sein.

Er hat sich stets über alles, was ihn betraf, was ihn bewegte, durchdacht geäußert, über seine Freunde, seine Lektüre, die Entstehung und Bedeutung seiner Stücke und Erzählungen, seine Jugend, seine Reisen, Begegnungen, über die Wechselwirkung von Kunst und Wissenschaft, über Politik. Als 1968 die Tschechoslowakei durch Truppen der Staaten des Warschauer Pakts besetzt und dem Prager Frühling (Demokratisierung des kommunistischen Systems) ein Ende gemacht wurde, demonstrierte er mit Heinrich Böll, Günter Grass, Peter Bichsel, Max Frisch und anderen im Basler Stadttheater gegen die Vergewaltigung eines souveränen Staates.

Als Israel 1967 den Sinai eroberte, veröffentlichte Dürrenmatt in der Zürcher «Weltwoche» den Artikel *Israels Lebensrecht*. Franz Kreuzer erwähnt in seinem Interview, daß Dürrenmatt «eine besondere Affinität für die Geschichte des jüdischen Volkes habe, was auch in der intensiven Befassung mit dem heutigen Israel zum Ausdruck kommt»[155], durch die alttestamentarischen Erzählungen seiner Mutter sei ihm die jüdische Geschichte schon in der Kindheit nahegebracht worden. 1975 wurde Dürrenmatt von der israelischen Regierung zu einer Vortragsreise eingeladen. Zwischen den Terminen schrieb er seinen Vortrag immer wieder um, schrieb zu Hause weiter und veröffentlichte 1976 das Gedankenwerk *Zusammenhänge. Ein Essay über Israel. Eine Konzeption.*[156] Der Autor sagt nicht viel mehr als das, was die meisten Europäer über das Nahostproblem denken. Er bejaht die Existenz Israels, versucht den Nachbarstaaten und den Palästinensern Verständnis entgegenzubringen und betont die gegenseitige Abhängigkeit der jüdischen, christlichen und mohammedanischen Kultur. Eine praktische Lösung wußte auch Dürrenmatt nicht.

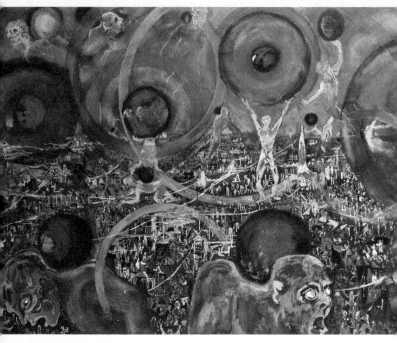

«Die Welt der Atlasse». Gouache von Dürrenmatt, 1975–1978

Jean Améry, in seiner Besprechung des Essays: «Vergebens suchen wir bei Dürrenmatt nicht nur Antworten auf diese brennenden Fragen, sondern sogar ihre klare Formulierung. Er durchschaut die Situation sehr genau, doch bleibt er stets im Historischen und vermeidet die Aktualität.»[157]

Fünf Jahre später veröffentlicht Dürrenmatt *Nachgedanken unter anderem über Freiheit, Gleichheit und Brüderlichkeit in Judentum, Christentum, Islam und Marxismus und über zwei alte Mythen*[158]. Die Mythen sind die von Prokrustes und Theseus. Breit ausgemalt wird die Geschichte von Prokrustes, der um der Gerechtigkeit willen foltert! Er will, daß alle Menschen gleich sind: streckt die Kleinen, verkürzt die Großen. Theseus findet das unsinnig und tötet ihn. Die Menschen sind ungleich. Lösungen, wie Jean Améry sie wünscht, gibt es nicht, kann es nicht geben, nicht einmal auf dem Papier. Der Mensch handelt niemals aus Vernunftgründen, stets nur aus Besitzgier und Machtstreben. Was bleibt übrig, als sich auf sich selbst zurückzuziehen, hinter den Mond, wie Dürrenmatt seine Existenz auf den Neuchâteler Höhen nannte, zurück zu seiner individuellen Freiheit.

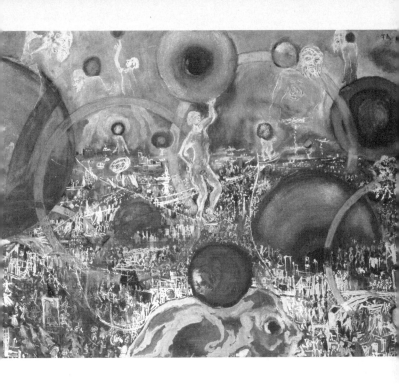

Das Ideal der individuellen Freiheit war das Thema von Dürrenmatts Rede *Über Toleranz anläßlich der Verleihung der Buber-Rosenzweig-Medaille am 6. März 1977* in der Frankfurter Paulskirche. In diesem Text offenbart er seine Gedanken am deutlichsten, und rückhaltlos. Zwar plädiert er für eine neue Aufklärung, setzt den Ideologen und Kirchenvätern Hegel, Marx, Lenin und Mao das liberale Denken von Lessing, Kant und Kierkegaard entgegen, aber auch dieses bleibt Theorie. Den neuen Aufklärern macht er wenig Hoffnung. Selbst die Schrecken des Zweiten Weltkriegs haben die Menschen nicht geändert! Toleranz ist nur in einem geistigen Raum denkbar: wenn es um gedachte, abstrakte Werte geht. Dürrenmatt steckt ab, wo Toleranz überhaupt nicht mehr zumutbar ist: bei politischen und wirtschaftlichen Interessen. Kann ein schuldlos Hungernder einem in Wohlstand Schwelgenden gegenüber tolerant sein? Was für den einzelnen gilt, gilt für die Völker. Er vergleicht das Weltgeschehen mit einem Bühnenspektakel und stellt fest: *Dieselbe Handlung* wie vor der Schreckenszeit der Intoleranz, dem Zweiten Weltkrieg, *rollt vor uns ab, immer neu ansetzend und sich doch immer gleich abspielend. Nur, die Zahl der Opfer nimmt ständig zu. Die Dramaturgie der Weltgeschichte*

scheint sich nicht verändert zu haben, nicht einmal die Spekulationen dar-
über, wie diese Dramaturgie beschaffen sei... die meisten resignieren, die
Weltdramaturgie der Weltgeschichte besteht für sie aus zufälligen Einfällen,
verrückten Patzern und Versprechern, heruntersausenden Hängestücken,
außer Kontrolle geratenen Drehbühnen, absurden Motivationen und gro-
tesken Handlungen.[159]

Am 24. Februar 1979 spricht Dürrenmatt in der Eidgenössischen Tech-
nischen Hochschule, Zürich, anläßlich der Feier des 100. Geburtstags von
Albert Einstein. Im Anhang gibt er achtzehn Fachbücher, einschließlich
Kant und Spinoza, als Quellen an. Ein der modernen Physik und höheren
Mathematik unkundiger Leser hat da Schwierigkeiten. Auch Dürrenmatts *Anmerkungen zu «Albert Einstein»* helfen ihm wenig. Diesen *Anmerkungen* hat Dürrenmatt eine *Skizze zu einem Nachwort* folgen lassen,
noch nicht das Nachwort selbst, das kam nicht zustande. So heikel ist ihm
das Thema, und entsprechend vorsichtig geht er zu Werke, zumal bei ihm
und Einstein das Physikalische ins Religiöse hinüberspielt. Eine außerge-
wöhnliche Bedeutung gewinnt in Dürrenmatts wissenschaftlicher Unter-
suchung Gott. An den glaubt auch Einstein. Es ist der Gott Spinozas:
Deus sive natura, die Natur selbst ist Gott. Eine solche Auffassung kann
sogar ein Atheist akzeptieren. Dürrenmatt stellt sich vor, daß Gott mit
Einstein Schach spielt. Der Essayist Dürrenmatt arbeitet gern mit Gleich-
nissen. Vergleicht er in seinem Toleranz-Appell die Weltgeschichte mit
einem Bühnendrama, so im Einstein-Vortrag mit einem Schachspiel. *Stellen wir uns jedoch das Weltgeschehen als ein Schachspiel vor, so sind zuerst
zwei Parteien denkbar, eine deterministische und eine kausale.*[160] Das Spiel
sei kompliziert, die Gefahr des In-die-Irre-Gehens groß. *...wer sich mit
Einstein beschäftigt, muß sich ihm stellen, den Irrtum nicht fürchtend. Ihn
zu belächeln, ist Ihr Recht,* sagt Dürrenmatt seinen Hörern, *ihn zu begehen, das meine.*[161] Das imaginäre Schachspiel analysierend, denkt er sich
in die manipulierten Schachfiguren hinein: *...sie sind in eine unbarmher-
zige Schlacht verwickelt, sie können nichts vom Schlachtplan wissen, der
sie lenkt, wenn es ihn überhaupt gibt; dieses anzunehmen, verwickelt im
Schlachtengetümmel, ist reine Metaphysik, jeder schlägt sich nach seinen
Regeln durch, der Bauer nach den Bauernregeln, der Turm nach den
Turmregeln usw., aus der Erfahrung wissen die Schachfiguren mit der Zeit,
wie sich die anderen verhalten, aber ihr Wissen ist nutzlos: eine unvorstell-
bare Anzahl verschiedener Positionen ist möglich, eine Übersicht nur hy-
pothetisch anzunehmen, die Zufälle häufen sich ins Unermeßliche, die
Fehler ins Unglaubliche, eine Welt der Unglücksfälle und Katastrophen tritt
an die Stelle eines kausalen oder deterministischen Systems.*[162]

Friedrich Dürrenmatts Philosophieren trat in den Vordergrund. Es ist
keineswegs verwunderlich, daß er nach dem *Meteor* (1966) kein bühnen-
wirksames Stück mehr geschrieben hat. Dürrenmatts neue Theaterstücke
sind Illustrationen seines Philosophierens, Politisierens, sind Gedanken-

spiele. Sie interessieren das Theaterpublikum nicht. Das praktische Theater wird zum Trauma. 1972 war ihm die Direktion des Zürcher Schauspielhauses angeboten worden. Er fürchtete Intrigen und lehnte ab. Aus dem Verwaltungsrat trat er aus mit der Begründung, er arbeite an einem neuen Stück, dem *Mitmacher*.

«Der Mitmacher. Ein Komplex»

Am 3. Mai 1959 wanderte Dürrenmatt durch Manhattan, an einem glühendheißen Tag, und ihm fiel die Geschichte von J. G. Smith und dem Arzt Leibnitz ein, der mit chemischen Mitteln Leichen verschwinden lassen kann. 1961 schrieb er die Geschichte, sie blieb Fragment, nur wenige Seiten sind erhalten. 1976 rekonstruierte er sie für das Buch *Der Mitmacher. Ein Komplex*. Unter dem Titel *Smithy* auch als selbständige Erzählung gedruckt [163], ist sie atmosphärisch dicht; New Yorks Straßenschluchten, Mietshäuser, Innenräume, Gangster, Huren, Polizisten, die New Yorker Typen in ihrem Schweiß und in ihrer Verbissenheit agieren nahe vor unseren Augen, sie sind lebendig, ihre Gedanken und Gefühle, kleinen Ängste und Sorgen werden bloßgelegt, sie sind uns unheimlich nahe.

1971, nach zwölf Jahren Analysieren, das heißt Zerfasern des Stoffs in Dürrenmatts «Weltkugelkopf» [164], ist die New Yorker Story zur Abstraktion geworden, gedankendurchtränkt, auf die berühmte Dürrenmattsche Spitze getrieben. Was in der realistischen Geschichte im frühsommerlich überhitzten New York geschah, spielt sich jetzt fünf Stockwerke unter der Erde ab, nur von Eingeweihten mit einem Fahrstuhl zu erreichen, und aus den blutvollen Menschen sind Schemen geworden. Smith, ein Boss, dessen Beruf es ist, Leute umlegen zu lassen, ohne daß Spuren von ihnen zurückbleiben, findet in Doc seinen Mann. Dieser heruntergekommene Biochemiker in mittleren Jahren hat eine Erfindung gemacht, den Nekrodialysator, der Tote ohne Überreste beseitigt. Er verflüssigt sie und spült sie weg. Boss hat ein Dutzend Gorillas, als Leibwächter getarnt, in Wirklichkeit Berufskiller. Boss ist Privatunternehmer, Mord auf Bestellung. Nicht sehr appetitlich, einen ganzen Abend über Leichengeschäfte verhandeln und den Auflösungsapparat gurgeln zu hören.

Jedoch der Autor legte Wert auf die Feststellung, daß es sich auch um ein Liebesdrama handelt. Doc und Ann lieben einander und schmieden Zukunftspläne. Aber «zufällig» ist Ann Boss' Geliebte! Da kann ja die Handlung nur die schlimmstmögliche Wendung nehmen. Auch Docs einziger Sohn, Bill, Chemieerbe, Milliardär und Anarchist, sorgt für Unruhe. Er will jedes Jahr den Präsidenten der USA ermorden lassen, für zehn Millionen Dollar pro Stück. Er bezeichnet sich als Vertreter der bisher radikalsten Richtung des Anarchismus. Nur indem jedes Jahr der neue Präsident umgebracht wird, phantasiert Bill, werde die Ordnung in

«Der Mitmacher»: Uraufführung Zürich 1973, mit Peter Arens als Doc und Hans Wyprächtiger als Cop. Regie: Andrzej Wajda

diesem Land zerstört. Als ob die herrschende Klasse sich nicht zu helfen wüßte! Das Motiv wäre gut für eine Farce. Kurz, Bills Schicksal nimmt den schlimmstmöglichen Verlauf. Doc erhält den Auftrag, sowohl die Leiche seiner Geliebten als auch die seines Sohnes aufzulösen. Die menschlichen Beziehungen sind derart geschrumpft, daß Doc weder seine Geliebte noch seinen Sohn wiedererkennt – wiedererkennen will, er tut seine Arbeit, er ist der Typ des Mitmachers.

Gibt es keinen positiven Helden in diesem Stück? Doch, Cop, den Polizeichef, Dürrenmatts *ironischen Helden. Ich habe in einer meiner letzten Arbeiten* [dem *Nachwort zum Mitmacher*] *eine These, da arbeite ich über die Frage: Was ist ein ironischer Held? Ich weiß, mein letztes Stück ist eine große Niederlage, das ist mir vollständig egal, es ist sicher ästhetisch berechtigt, ich habe etwas versucht, das nicht möglich ist, ich habe mich, aus einem theaterpraktischen Grund, so zurückgenommen, ich habe mich so verknappt, daß die Leute gar nicht mehr erkennen können, was los ist, aber das ist eine andere Sache: Das ist ein Theaterstil, ein Theaterbegriff, eine Regieidee –; aber ich habe eine Figur aufgestellt, den Cop, den nenne ich den ironischen Helden, das habe ich entwickelt aus Kierkegaard, und das führt in mein nächstes Drama hinein, über das ich jetzt immer nachdenke, daß es nämlich nicht nur den tragischen, den komischen, sondern auch den ironischen Helden gibt, den Helden, der etwas ganz Unsinniges macht...* [165]

Friedrich Dürrenmatts ironischer Held Cop will dem florierenden Mordunternehmen und Leichenvernichtungsgeschäft ein Ende bereiten, also etwas ganz Unsinniges riskieren. Cop glaubt, *daß sich hie und da etwas Gerechtigkeit verwirklichen ließe,* und berichtet dem Publikum von seinen trostlosen Bemühungen. Er fordert einen Staatsdiener nach dem anderen zum Einschreiten auf. Der Staatsanwalt aber will nicht einschreiten, er will 30 Prozent vom Gewinn, der Bürgermeister 15 Prozent, der Gouverneur wieder 30 Prozent, der Oberste Richter des Landes 25 Prozent. Das sind insgesamt 100 Prozent, die die Staatsmacht für die Duldung des Verbrechens verlangt. Das einzige, was Cop erreicht: Er macht sich verdächtig, nämlich nicht zur Staatsmafia zu gehören. Cop: *Wer heute ein Verbrechen aufdeckt, wird vernichtet, nicht der Verbrecher.* [166] Cop zieht den Schluß: *Man muß sich schließlich doch noch irgendwie achten können, sonst wäre die Situation allzu unwürdig und, offen gesagt, zu komisch.* [167] Er hat angeordnet, daß er in eben diesem Keller, den er nicht liquidieren konnte, erschossen wird. Und so geschieht es. Des ironischen Helden letzte Worte: *Wer stirbt, macht nicht mehr mit.* [168]

So knapp wie die Namen der Personen ist auch ihre Sprache: Staccato, Stichworte. Elisabeth Brock-Sulzer schwärmte davon, den *Mitmacher* von lebensgroßen Holzpuppen gespielt zu sehen. Nichts wäre falscher, als ein manieriertes Stück noch manierierter zu spielen! Für die Regie der Uraufführung am 8. März 1973 im Schauspielhaus Zürich war der polnische Filmregisseur Andrzej Wajda verpflichtet worden. Leider war er der deutschen Sprache nicht ganz mächtig. Unter Wajdas Regie wurde an optischen Effekten gearbeitet, die Wortregie kam zu kurz. Der Autor geriet mit dem Regisseur in Konflikt, und Wajda reiste ab. Dürrenmatt übernahm die Regie, aber zu spät. Das Stück blieb unverständlich, und das Urteil der Presse war vernichtend. Im Herbst 1973 inszenierte Dürrenmatt das Stück in Mannheim. Kritik und Publikum reagierten freundlicher, ebenso im selben Jahr in Warschau, 1974 in Athen, 1977 in Genua. Für die deutschen Bühnen gilt das Stück als unspielbar.

1976 erschien *Der Mitmacher. Ein Komplex*, ein Buch von fast 300 Seiten, von denen das Stück nur 70 Seiten einnimmt. Alles weitere sind Kommentare und Richtlinien zur Aufführungspraxis, Beleuchtung, zum Bühnenbild, zur Sprachführung, und jede Person wird charakterisiert.

Aus Dürrenmatts Serie «Der Krieg der Kritiker», 1974

Dabei greift der Autor sehr hoch. Über Doc zum Beispiel: *Um ihn genauer zu bestimmen, ist er von der Position her am besten mit Faust zu vergleichen...*[169] *Wie Faust ist Doc ein gescheiterter Wissenschaftler, sicher nicht ein Universalgenie wie sein Vorgänger, doch auch nicht ohne Format...*[170] Faust überläßt sich dem Teufel, Doc dem Mordgeschäftsmann Boss. Wird Doc mit Faust verglichen, so Cop mit Don Quijote. Was Dürrenmatt manchem seiner Apologeten vorwarf: sie überinterpretierten ihn, das betreibt er an dieser Stelle selbst.

Das *Nachwort zum Nachwort* schließt mit einer *Auseinandersetzung mit Brecht.* Diese zieht sich durch das ganze theatertheoretische Werk Dürrenmatts. Hier wirft er Brecht vor, er habe sich an Ost-Berlin verkauft, um optimale Arbeitsbedingungen zu haben. ... *seine Stücke waren durchprobiert, die meinen nicht, sie sind im westlichen Theaterbetrieb stekkengeblieben und, hatten sie Erfolg, über die Bühnen gejagt worden, wie, war eigentlich gleichgültig, und so sind sie denn Brechts Stücken gegenüber in vielen Teilen von der Bühne her noch nie bewältigt worden... Nichts fürchte ich heute mehr, als eines meiner Stücke zu sehen: Ich bin auf dem Theater nur in Glücksfällen reproduzierbar, aus grotesken Mißverständnissen heraus...*[171]

«Die Frist. Eine Komödie»

Am 20. November 1975 starb der spanische Diktator Franco – nachdem sein Tod durch 30 Ärzte wochenlang hinausgezögert worden war. Was Franco im faschistischen Spanien und später Tito im kommunistischen Jugoslawien widerfuhr, hatte den gleichen Hintergrund: Die um die Macht Kämpfenden ließen die Potentaten, die schon längst nicht mehr bei Bewußtsein waren, erst auch physisch sterben, als die Nachfolge entschieden war. *«Die Frist», das Theaterstück als Stoff, überfiel mich gewaltsam. Das war 1975, unter dem Eindruck von Francos Tod. Was mich faszinierte, war die Assoziation zwischen gewissen Aspekten der modernen Medizin und einem Konzentrationslager: die Folterungen, denen durch jene der Mensch unterzogen wird, um ihn so spät wie möglich sterben zu lassen, schienen mir auf eine diabolische Weise identisch mit den Methoden gewisser KZ-Ärzte, die mit Menschen Tests unternommen hatten, welche die Grenze seines Sterben-Könnens erforschten.*[172] Auch Dürrenmatts Diktator wird ohne Narkose operiert. Sein Stöhnen wird auf die Bühne übertragen. Die Bühne ist ein ehemaliger Thronsaal, den der Diktator zu sei-

«Die Frist», Uraufführung Zürich 1977.
Am Schreibtisch als Exzellenz Werner Kreindl

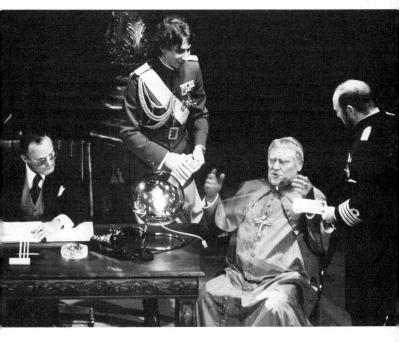

nem Arbeitsraum gemacht hatte. An dessen Schreibtisch führt nun der Regierungschef, Exzellenz genannt, die Staatsgeschäfte und sucht die Nachfolge zu regeln, das heißt für sich zu gewinnen. Ein Pandämonium goyaesker Schreckgestalten bevölkert den Thronsaal. Nach drei Wochen Sterben ist auch das Fernsehen nicht mehr auszuschließen. Der Sterbende wird Schauobjekt. Aus dem Ensemble phantastischer Randfiguren schält sich Exzellenz heraus, eine Aufsagerrolle, die das Stück nicht trägt. Dabei hat sich Dürrenmatt wieder viel einfallen lassen. ... *die Phantasie arbeitet vulkanisch.*[173]

Am 6. Oktober 1977 in Zürich und zwei Wochen später in Basel wurde die *Frist* von Publikum und Presse abgelehnt. Nach der Uraufführung erschien das Stück als Buch mit einem Anhang *Wie «Die Frist» entstand*[174]. Diesen Anhang, zwölf enggedruckte Seiten für das Programmheft, hat Dürrenmatt in einer Nacht geschrieben, quantitativ und qualitativ eine grandiose Leistung. Dieser Text enthält mehr Leben, Inspiration und Spannung als das ganze Stück. In einer Vorbemerkung grenzt Dürrenmatt sich und seine *Frist* vom Dokumentartheater kraß ab. Wogegen Dürrenmatt wettert, das erschlägt ihn. Wer starb im Hintergrund? Publikum und Presse zogen sogleich die Parallele zu Francos Tod. Wenn der Sterbende Franco ist, wer sind die anderen? Losgelöst vom Schicksal Francos gewann Dürrenmatts Komödie kein Eigenleben. Hier nun wäre authentisches Dokumentartheater wirksamer gewesen. Erwin Piscator, der Schöpfer des modernen politischen Theaters, sprach von der Heiligkeit des Dokuments. Die damaligen Zeitungsberichte verursachten mehr Schauder als Dürrenmatts skurrile *Frist*.

Der Zeichner, Maler und Karikaturist F. D.

1963 hatte Dürrenmatt *Die Heimat im Plakat. Ein Buch für Schweizer Kinder* herausgebracht, mit Tusche und Pinsel naiv und virtuos hingeworfene beschriftete Karikaturen, oft nur ein paar Striche – ein Album nicht plakativ werbender, sondern abschreckender Spottbilder der Touristenkloake Zermatt, der Schweizerweine, tyrannischer und dabei fauler Lehrer, vom Kindersegen dank der Chemie-AG: die Kinderchen sind lauter kleine Monster. Die Schweizer waren entsprechend empört. Das sollten sie wohl auch sein. Dürrenmatt sah sein Bilderbuch *als Kinderbuch, weil ich es für meine Kinder gezeichnet habe und weil ich überhaupt Erwachsene davor warnen möchte, neigen sie doch dazu, die Welt zu romantisieren, pflegen heute doch nur die Kinder die Welt zu sehen, wie sie eben ist, als die einzigen Realisten, die es noch gibt*[175].

Karikaturen hat Dürrenmatt immer wieder gezeichnet, besonders die Kritiker aufs Korn genommen. Ganze Schlachten ließ er sie gegenseitig austragen und natürlich auch gegen die Autoren.

1976 stellte F. D. (mit F. D. signiert er seine Zeichnungen und Ölge-mälde) seine Bilder im Hôtel du Rocher in Neuchâtel aus, bei dem Schul-kameraden, Freund, Koch und Sammler Hans Liechti. 1978 kam der Großband *Bilder und Zeichnungen* heraus. In einer *persönlichen Anmer-kung* im Anhang erklärt uns der Künstler fast jedes Blatt. *Meine Zeich-nungen sind nicht Nebenarbeiten zu meinen literarischen Werken, sondern die gezeichneten und gemalten Schlachtfelder, auf denen sich meine schrift-stellerischen Kämpfe, Abenteuer, Experimente und Niederlagen abspielen.* Die erste Zeichnung, die Dürrenmatt, der ja seit seiner Knabenzeit ge-zeichnet hat, noch gelten ließ, ist eine *Kreuzigung* aus dem Jahre 1939. Vier Männer in wallenden Gewändern umtanzen den Gekreuzigten. Dürrenmatt empört sich gegen den gedankenlosen Kreuzeskult, gegen Mißbrauch des Kreuzes, das ein Marterinstrument war, nun als Schmuck-stück dient, juwelenbesetzt. Dieses Blatt des Achtzehnjährigen ist künst-lerisch und technisch meisterhaft und sieht gar nicht nach Dilettantismus aus. (Abb. S. 40)

Die Päpste! Das Buch enthält drei Papst-Szenen aus den Jahren 1973 bis 1975. *Ist es doch etwas Skandalöses, daß jemand behauptet, er sei der Stellvertreter Christi auf Erden, unfehlbar usw.* Auf einem der Blätter streiten sich zwölf Päpste bei der Auslegung einer Bibelstelle. Zwölf Päp-ste auf einem Fleck? Das kann doch nur bedeuten, daß sie sich in der Hölle befinden.

Eine Hölle nach der andern führt uns F. D. vor, wie in seinen Stücken und Geschichten. Wie aber sehen die Teufel in seinen Höllen aus? Es sind Menschen. Seine Zeichnungen deutend, bezog er sich auf Hieronymus Bosch. Wie die Höllen des Hieronymus Bosch sind auch Dürrenmatts Höllen irdische Gegenwartsdarstellungen, und im Erfinden raffinierter Martern steht Friedrich Dürrenmatt Bosch kaum nach. Überall auf der Erde gequälte, geräderte, aufgespießte, halbvergrabene, in Todesangst fliehende Menschen! Dürrenmatt bevorzugt Schreckensszenen, Apoka-lypsen, Labyrinthe; explodierende Sonnen kündigen den Weltuntergang an. Was er nicht mit Worten ausdrücken kann, zeichnet er, 1960 auch das *Arsenal des Dramatikers*: abgeschlagene Köpfe und Füße und Hände, säuberlich in Regalen geordnet, dazu Weinflaschen und Gläser, einen Bü-stenhalter, eine Madonna, einen Vorschlaghammer, Spieße und Pfeile. Vor diesen Utensilien der Autor mit Pfeife, Hängebauch und Schreibma-schine. (Abb. S. 8) Der Dramatiker hat auch einige seiner Stücke und Hörspiele – nicht illustriert, aber bildnerisch ausgestaltet. Allein sieben Blätter zu *König Johann* enthält dieser Band, nebst einigen zu den *Physi-kern, Wiedertäufern* und zum *Herkules*. Auf dem Ölbild *Letzte General-versammlung der Eidgenössischen Bankanstalt (Skizze zu einem Kolos-salgemälde)* bringen sich sämtliche Direktoren um, gemalt 1966 während der Arbeit an dem Film *Frank V., Komödie einer Privatbank*. Das Kolos-salgemälde blieb unausgeführt.

Brauchte Dürrenmatt für eine Zeichnung drei bis vier Wochen, sind seine Porträts (Gouache und Öl) Produkte seiner Spontaneität, *Steckel als Meteor, Lotti, Hans Liechti* sind genialisch hingeworfene Farbskizzen.

Mitte der siebziger Jahre ging F. D. zu lavierten Pinselzeichnungen über. Er porträtierte sich immer wieder selbst, und der Minotaurus hatte es ihm angetan, diese bedrohliche Bestie, Mannskerl mit Stierkopf. Selbst Engel waren für ihn schreckliche Wesen: Todesengel.

Dilettant oder nicht, Friedrich Dürrenmatt nahm sein bildnerisches Werk sehr ernst. *Ich bin bewußt ein Einzelgänger. Ich gehöre nicht zur Avantgarde. Wer heute dieser angehört, trampelt in einer Herde mit. So sind denn auch die Assoziationen, aus denen sich meine Bilder zusammenbauen, Resultate meines persönlichen Denkabenteuers, nicht die einer allgemeinen Denkmethode. Ich male nicht surrealistische Bilder – der Surrealismus ist eine Ideologie –, ich male für mich verständliche Bilder: Ich male für mich.*[176]

Beim Zeichnen, 1959

«Selbstportrait I, 5 Uhr morgens». Tusche, Pinsel laviert, 1976

«Stoffe I–III»

Er besteht nur noch aus Kopf und Rumpf. Der rollt auf Rädern durch die Tausende von Kilometern langen Gänge unter dem Himalaya in vollständiger Finsternis. Er lebt von Suppen aus Konservendosen und von Cognac aus Batterien von Flaschen. Seine linke Armprothese läuft in eine Maschinenpistole aus, die ihm aber nichts mehr nützt, es gibt weder

Im Neuchâteler Haus,
mit dem Journalisten Guido Baumann

Freund noch Feind, vergebens sucht er, die Waffe abzustreifen. Die rechte Armprothese läuft in ein metallenes Mehrzweckinstrument aus, mit einem stählernen Griffel ritzt er die Geschichte des Dritten Weltkriegs in die Höhlenwände, jeweils sieben Zeilen von 200 Metern Länge untereinander, wobei es ihm manchmal passiert, daß er eine Zeile in die andere hineinschreibt, dann sind beide unlesbar. *Die fremden Wesen* der Nachwelt *werden aus meinen Inschriften folgern, daß auf dem nackten, versengten Steinplaneten, den sie betreten haben, einmal mit Intelligenz begabte Wesen existierten...*[177] Die Inschriften, die lesbar sind, die meisten, fast alle, sind die Erzählung *Der Winterkrieg in Tibet:* Beginn, Verlauf und Ende des Dritten Weltkriegs. Der verstümmelte

Söldner ist Schweizer, Philosophiestudent, Hauptfach Platon, aber vor seiner Promotion brach der Dritte Weltkrieg aus. Er ist der junge Mann der Geschichte *Die Stadt* (1947) und *Aus den Papieren eines Wärters* (1952).

Der Winterkrieg in Tibet ist Nummer I und zugleich das Hauptstück des Buchs *Stoffe I–III*, das 1981 erschien. Der Autor erzählt, wie er 1972 an einer *Dramaturgie des Labyrinths* schrieb und ihr bald den *Winterkrieg* folgen ließ, der sich in einem Labyrinth aus Stollen, Höhlen, Nischen, Liften und Treppen unter dem Himalaya abspielt, vielleicht sind es auch die Alpen, es bleibt unklar, wer wessen Feind ist, ob es überhaupt noch Feinde gibt, ob man vielleicht auf Freunde feuert. *Die Frage nach dem*

Feind darf ein Söldner nie aufkommen lassen, aus dem einfachen Grund, weil sie ihn umbringt. Stellt er den Feind in Frage – und sei es auch nur im Unbewußten –, kann er nicht kämpfen. Hat ihn die Frage gar so weit getrieben, daß er zu fragen wagt, ist er nicht mehr zu retten: dann gilt es für den Kommandanten und für die anderen Söldner, alles zu retten. Darum bin ich stolz, gefeuert zu haben, ich feuerte im Namen aller.[178] Er durchsiebte mit seiner Schnellfeuerwaffe auf Befehl des Kommandanten einen Söldner, der die Existenz von Feinden in Frage zu stellen gewagt hatte. Mit diesem Charaktertest fängt die Geschichte des Erzählers an, als ein Häuflein zerfetztes Fleisch beendet er sein Leben.

Dazwischen liegt die Schilderung des Dritten Weltkriegs, von der Schweiz aus gesehen und erlebt. Statt 10 Milliarden gibt es nur noch 100 Millionen Menschen auf der Erde, und unter der Blümlialp hat sich die Regierung in einer Bunkerstadt für 3000 Beamte und 1000 Sekretärinnen derart zukunftsfreudig eingerichtet, daß sie drei Generationen aushalten und also sich auch fortpflanzen kann, während das Volk oben längst nicht mehr existiert. Ohne Volk zu regieren ist das Schönste.

Der Winterkrieg ist einer von Dürrenmatts konsequentesten Texten. Die Völker, soweit sie in Splittergruppen noch existieren, machen die Kriege nicht mehr mit, und die Soldaten haben ihre sämtlichen Offiziere erschossen. Da der Krieg in Europa nicht mehr in Gang kommt, muß sich der Erzähler, aus innerem Zwang Soldat, in einem unterirdischen Labyrinth ein neues Schlachtfeld suchen. Als Krüppel im Rollstuhl schwelgt er, die Höhlenwände bekritzelnd, in kosmischen Untergangsvisionen und vergleicht die Zerstörung des Sonnensystems mit dem bevorstehenden Ende der Menschheit. Anarchist, kann er, wie der Wärter in den *Papieren* von 1952, in einer verwalteten Welt nicht leben. Denn sie gibt es noch, auf der Erde, *die Verwaltung: indem sie aus den drei Weltkriegen als Sieger hervorging, verwaltet sie eine Menschheit, die dadurch, daß sie verwaltet wird, ihren Sinn verlor: Das Tier Mensch hat keinen Sinn, sein Dasein auf Erden hat kein Ziel mehr. Wozu Mensch überhaupt? ist eine Frage ohne Antwort.*[179] Für den, der im Leben keinen Sinn sieht, sind alle anderen seine Feinde.

Im II. Kapitel berichtet Dürrenmatt, wie es zu der Erzählung *Mondfinsternis* kam, der Vorläuferin der *Alten Dame*. Im III. Kapitel erzählt er von seinen Zürcher Studentenjahren fernab der Berner Fleischtöpfe. *Ich begann Erzählungen zu schreiben ... Doch daß es nicht zur Niederschrift eines Romans kam – ich schrieb nur wenige Seiten –, lag nicht an mangelndem Fleiß, sondern daran, daß mir die sprachlichen Mittel fehlten.*[180] *Vom «Rebell» ist mir deshalb nichts als die Erinnerung geblieben, die freilich oft so intensiv ist, als hätte ich diese Erzählung wirklich geschrieben, vielleicht deshalb, weil sie persönlicher ist als der «Winterkrieg». Versuchte ich in diesem ein Weltgleichnis, ging es mir in jenem darum, ohne daß ich es ahnte, meine eigene konfuse Lage darzustellen.*[181] Die konfuse Lage ist die widersprüchliche Beziehung zu seinem Elternhaus, zu seinem übermächtigen Vater, bei dem der Sohn Andeutungen von Glaubenszweifel bemerkt hat.

Friedrich Dürrenmatt rekonstruiert die Geschichte. A, der Rebell, der keiner ist, befindet sich auf der Suche nach seinem Vater in einem orientalischen Land, das von einem blutrünstigen, aber unsichtbaren Herrscher tyrannisiert wird: öffentliche Hinrichtungen jeden Tag! Er wird von dem hundertjährigen Oberhaupt der Kirche empfangen, in eine Scheinrevolution verwickelt und endet in einem Spiegelsaal: oben, unten, auf allen Seiten Spiegel, A verhundertfacht: ein Gefängnis ohne Ausgang. Ohne Essen und Trinken schrumpft er, verdorrt, wird zu Staub. Die Reise zum Vater endet im Nichts. Oder war jener Hundertjährige – so alt müßte jetzt auch sein Vater sein – zugleich Oberhaupt der Kirche, blutrünstiger Tyrann und sein Vater?

«Achterloo.
Eine Komödie in zwei Akten»

Im Januar 1983 starb Frau Lotti. Der Verlust traf Dürrenmatt schwer. Er stürzte sich in die Arbeit. *Achterloo* sollte die Summe aller seiner bisherigen Theaterarbeit werden. Aber im Oktober fiel die Komödie durch. Dürrenmatt schrieb sie um, zuerst allein, es entstand *Achterloo II,* dann, in Zusammenarbeit mit der Schauspielerin und Filmjournalistin Charlotte Kerr, *Achterloo III.* Charlotte Kerr hatte 1951 in Fritz Kortners Berliner Inszenierung von «Don Carlos» als Königin Elisabeth debütiert, war später Filmjournalistin geworden und hatte zuletzt ein Porträt der griechischen Ministerin für Kultur Melina Mercouri gedreht. «Ich habe», beginnt sie ihr «Protokoll einer fiktiven Inszenierung», «Dürrenmatt gerade kennengelernt, ‹Achterloo› in Zürich gesehen. Das Publikum lacht, applaudiert wie verrückt. Ich bin irritiert. Wir gehen spazieren im Englischen Garten, ich beginne zu fragen, vorsichtig, ‹Wo spielt das?› . . . Damit beginnt die Diskussion über ‹Achterloo›. Sie wird zwei Jahre dauern. In diesen zwei Jahren mache ich einen Film über Dürrenmatt[182], wir heiraten. . .»[183]

Wo das Stück spielt? In einem Irrenhaus namens Achterloo. Die Insassen improvisieren als Rollentherapie ein Spektakel, veranstalten zum Zwecke ihrer Entkrampfung Irrentheater. Aber das erfährt der Zuschauer erst am Schluß, wenn sich zwei Mitwirkende als Ärzte vorstellen. Frau Kerr moniert das. Es geht in diesem Stück um die Gefahr des Einmarschierens der Roten Armee in Polen anläßlich des drohenden Generalstreiks der Freien Gewerkschaften und um das Risiko der militärischen Invasion der USA, kurz um den möglichen Beginn des Dritten Weltkriegs. Wer verhindert ihn? Napoleon! Daß Napoleon (1769–1821) zu-

Fritz Schediwy, Klaus Knuth und Wolfgang Stendar in der Uraufführung von «Achterloo», Zürich 1983

gleich der polnische Staatschef Jaruzelski sein soll, Büchners Woyzeck das Volk, Jan Hus (1370–1414) der Arbeiterführer Walesa, Richelieu (1585–1642) der Kardinal Glemp, um nur einige zu nennen, wer versteht das? «Ich kenne», klagt Frau Kerr, «den geschichtlichen Hintergrund nicht, wie soll ich da die Assoziationen verstehen? Und wenn ich nicht verstehe, versteht das Publikum auch nicht, ich bin nicht blöder als das Publikum...»

In mühsamer Kleinarbeit wird das Stück umgeschrieben. Es soll deutlicher werden, wer was spielt, und von vornherein klar sein, wo das Stück spielt. Es scheint, Frau Kerr und Herr Dürrenmatt haben sich bei dieser «fiktiven Inszenierung» prächtig amüsiert, aber an einem Luftschloß gebaut. Das Stück mit seinen vielen szenischen Einfällen, geistvollen Bezüglichkeiten und aktuellen Sentenzen, aber ohne Handlung, sich beschränkend auf Gespräche über das, was geschehen oder verhindert werden soll, bleibt in der Schwebe. Wer ist wer? *Jede Figur von heute hat ihre Entsprechung in der Geschichte*[184], rechtfertigt Dürrenmatt sein Verfahren.

Der Reiz des Kerrschen «Protokolls» liegt auf persönlichem Gebiet. Mit liebevoller Distanz zeichnet Frau Kerr ein zärtlich-ironisches Porträt des «Weltkugelkopfs», wir sehen ihn förmlich in seinen weitläufigen Arbeitsräumen über dem See umherschlurfen und phantasieren und grübeln. Leibhaftig führt sie uns ihn dann in ihrem Vier-Stunden-Film vor. Wer sich den Apokalyptiker als verbitterten alten Mann vorgestellt hat, wird aufs angenehmste enttäuscht. Der Autor so vieler Weltuntergänge ist ein salopp gekleideter Herr heiteren Gemüts. Er nimmt die Dinge ernst, aber nicht derart, daß sie ihm den Lebensgenuß verdürben. Aus dem Häuschen, in das es hineinregnete, ist längst ein Arbeits- und Wohnkomplex aus drei Häusern mit Terrassen- und Gartenanlage geworden. Der Sohn, einst, vom Vater unterstützt, Wehrdienstverweigerer, ist protestantischer Pastor, eine Tochter Jazzsängerin, die andere mit einem Maler verheiratet. In dem Film sehen wir den Hausherrn in seinem Weinkeller, sehen ihn auf seinem Heimtrainer radeln, mit seinem Kakadu schmusen, wir sehen ihn schreiben und malen und zeichnen und hören ihm gespannt zu, wenn er seine Bilder und Texte erklärt oder uns aus seinem Leben erzählt, Schauerliches und Schrulliges. Sein Weltbild ist noch schwärzer geworden, auch skurriler. Der Dramatiker Dürrenmatt, der die These aufstellte, daß die Tragödie der heutigen Zeit nicht mehr entspräche, daß nur die Komödie ihr gerecht werden könne, ist seit *Achterloo III* einen Schritt weitergegangen. *Nicht mehr die Komödie,* verrät er, *nur noch die Posse kommt uns bei, wir finden uns in einem Irrenhauswitz wieder: Was tust du hier? Ich schreibe einen Brief. An wen? An mich. Was schreibst du dir? Ich weiß nicht, ich habe den Brief noch nicht erhalten.*[185]

123

«Justiz. Roman» – «Minotaurus. Ballade» – «Der Auftrag. Novelle» – «Versuche» – «Durcheinandertal. Roman»

1957, nach dem *Besuch der alten Dame*, hatte Dürrenmatt einen Kriminalroman zu schreiben begonnen, wurde aber durch Theaterarbeiten an der Fortführung gehindert. Anfang der achtziger Jahre, bei der Herausgabe des Gesamtwerks, kam auch die liegengebliebene *Justiz* zur Sprache. Dürrenmatt, der vergessen hatte, wie die Geschichte ausgehen sollte, entschloß sich für Überarbeitung und Fertigstellung. Das erste Drittel ist mit Verve und Furor geschrieben und liefert auch die Grundgedanken. Kantonsrat Kohler, Millionär, angesehener Bürger der Stadt Zürich, erschießt en passant den Rektor der Zürcher Universität Winter, konservative Koryphäe der Germanistik, in einem vollbesetzten Restaurant beim Abendessen. Kohler läßt sich ohne Widerstand festnehmen und zu zwanzig Jahren Zuchthaus verurteilen. Einen Grund für den Mord will er nicht angeben. Dürrenmatt gibt ihn uns an. Der alte Herr, der sich im Zuchthaus wohl fühlt und als Mustersträfling allseitige Verehrung genießt, *hatte getötet, um zu beobachten, gemordet, um die Gesetze zu untersuchen, die der menschlichen Gesellschaft zugrunde liegen*[186]. Und er gibt, aus dem Zuchthaus heraus, dem prominenten Soziologen Knulpe den Auftrag zu untersuchen, welche Auswirkungen sein Mord in der Gesellschaft hat. Dann beauftragt er den jungen, erfolglosen, versoffenen Rechtsanwalt Spät, *meinen Fall unter der Annahme neu zu untersuchen, ich sei nicht der Mörder gewesen*[187]. Eine typisch Dürrenmattsche Denkweise: gesicherte Fakten in Frage stellen und zusehen, was dabei herauskommt. *Sie sollen,* so Kohler, *nicht die Wirklichkeit untersuchen, das tut der brave Knulpe, sondern eine der Möglichkeiten, die hinter der Wirklichkeit stehen.*[188]

Der zweite Teil besteht aus einem personenreichen Verwirrspiel, dem der Leser prima vista nicht leicht zu folgen vermag. Der Anwalt erkennt, in eine Falle gelockt worden zu sein. Gerechtigkeit und Recht sind zweierlei. Der Mörder Kohler, der mit Menschen und ihren Schicksalen spielt, will Revision und Freispruch – und erreicht beides. Bis dahin herrscht an Leichen, schrägen Typen, mondänen Frauen, Überraschungseffekten, Verwechslungen von Menschen und Orten und Fakten kein Mangel.

Das letzte Drittel mußte nach einem Vierteljahrhundert hinzugefügt werden. Dürrenmatt verfiel auf den Dreh, den Text von 1957 als eine ihm damals zugeschickte Beichte des Anwalts auszugeben, und nun spürt er jenen Personen nach. Spät selbst ist tot, Kohler fast hundert Jahre alt, und Dürrenmatt liefert nach, wie die Geschichte weiter- und zu Ende ging. Kein Ruhmesblatt für die Schweizer Justiz.

Einer seiner jüngsten Texte, die *Ballade Minotaurus*, geht auf einen

Stoff zurück, der ihn seit seiner Jugend beschäftigte, das Leben und Sterben dieses Ungeheuers aus Menschenleib und Stierkopf, der in einem Labyrinth aus Spiegeln gefangenen Urkraft. Minotaurus, der einzelne, fühlt sich nicht allein. Er tanzt vor Freude, aber es ist immer nur er selbst, den er in den tausendfachen Spiegelungen sieht. Eine Frau, die ihm geopfert wird, ist sein erster wirklicher Kontakt mit einem anderen Menschen, er erdrückt sie ungewollt, aus Liebe. Die vermeintliche Bestie zu beseitigen, setzt sich Theseus einen Stierschädel auf, täuscht Minotaurus vor, ein Freund zu sein. Minotaurus, glücklich, vertraut seinem Mörder.

Geschrieben ist der kurze, gedrungene Text in einer dumpfrollenden Sprache – ein Gedicht in Prosa.

An Dürrenmatts nächster Veröffentlichung ist – indirekt – die Filmemacherin Charlotte Kerr beteiligt. Ursprünglich sollte *Der Auftrag* ihr erster Spielfilm werden. Es wurde eine Novelle daraus. Das Thema ist das gegenseitige neugierige, diagnostizierende, mißtrauische Beobachten. Jeder beobachtet jeden, der Beobachter beobachtet vor allem seine Beobachter. In der Charlotte Kerr gewidmeten Novelle bekommt die Filmemacherin F. den Auftrag, in Afrika den Spuren eines Mordes nachzugehen. Die F. berät sich mit dem Logiker D., wohl Dürrenmatt selbst, denn der Autor bezeichnet ihn als einen *scharfsinnigen Kauz, von dem niemand wußte, ob er dem Leben gegenüber hilflos war oder diese Hilflosigkeit nur spielte*[189]. Wenn Dürrenmatt auf seine üppige Phantasie angesprochen wurde, pflegte er zu sagen, er habe nicht mehr Phantasie als andere, aber mehr Logik. Der logische Kauz D. hält der F. einen erschöpfenden Vortrag über die Seuche des gegenseitigen Beobachtens, und dieser Vortrag ist das gedankliche Kernstück des Buchs. D. rät der F., nach Afrika zu fahren, er selbst ist gespannt auf das Resultat.

Nun entwickelt der Logiker Dürrenmatt seine Story aus dem Privat-Psychologischen ins Politische. Die F. fliegt mit ihrem Team nach Casablanca und gerät sogleich in die Mühle eines Polizeistaats. Jeder ihrer Schritte wird gelenkt, und wenn nicht gerade gelenkt, dann doch beobachtet, registriert. Die Wüste im Süden des Landes ist bedeckt mit den Resten von Panzerschlachten, alle waffenexportierenden Nationen haben hier ihre Andenken hinterlassen. Immer wieder explodieren Raketen auf den Betonplatten unterirdischer Bunker, probehalber, und alles wird ununterbrochen von Satelliten aus automatisch gefilmt, von Computern ausgewertet und in die Zentralen gefunkt. Eine finstere Endspiel-Variante, die sich Dürrenmatt ausgedacht hatte.

Die 1988 erschienenen *Versuche* sind eine Sammlung von Essays, Dankesreden bei Preisverleihungen, Vorworten, Ansprachen und Erinnerungen, man könnte sie auch eine Zusammenfassung Dürrenmattscher Grundgedanken nennen. Die *Versuche* beginnen mit einer witzigen und zugleich schaurigen Darstellung seines Lebensbereichs hoch über dem Neuenburger See. 25 Jahre nachdem er sich dort niedergelassen hat, stellt er fest, daß er unterhalb eines Kraters wohnt, einer Mülldeponie, *angefüllt mit diesem widerlichen Brei von Fäkalien und Klärschlamm, hineingesenkt in den Wald über meiner Wohn- und Arbeitsstätte*[190].

Den Gedanken, es gebe nichts als das Ich, und die Welt sei nur ein Traum dieses Ichs, spielt Dürrenmatt bis zum Ende durch. Gibt es die Welt, oder träumt Dürrenmatt nur, daß es sie gibt? Ein Leser könnte auf die Idee kommen, zu fragen: ob es denn ihn gibt, Dürrenmatt. Der würde, gemäß seiner Ausführungen in der Glosse *Gibt es die ‹Süddeutsche Zeitung› oder gibt es sie nicht?* wohl antworten, daß auch er vielleicht nur geträumt werde. In einem *Selbstgespräch* von 1985 zollt er den Auflösungstendenzen des 20. Jahrhunderts Tribut, indem er sich permanent in Frage stellt: *Ich bin ein Geschwätz. Ich bin nur, insofern ich schwätze.*[191] Und zum Schluß: *Bin ich einmal gedacht, bin ich gedacht, nur wenn ich nicht mehr gedacht werde, bin ich, was ich bin: nichts.*[192]

Unter das Theater zieht er endgültig einen Schlußstrich. Seitdem das Publikum auf die Forderung des Marquis von Posa «Sire, geben Sie Gedankenfreiheit!» nicht mehr in tosenden Beifall auszubrechen brauche, seien dem Theater die Zähne gezogen worden. *Als zahnlose Bestie fletscht es uns entgegen. Doch was für das Theater gilt, gilt für den ganzen Kunstbereich...*[193]

In dem Roman *Durcheinandertal* sind drei Geschichten miteinander verwoben, eine metaphysische, eine kriminelle und eine ländliche. Zwischen die blutrünstige Welt von Gangstern, Vaganten und Schurken und die unfaßbare des Großen Alten, einem Gott ohne Bart, aber mit Humor, mitsamt Beelzebub (ein und dieselbe Person?), ist wie ein Pflock eine handfeste, saukomische Bauernburleske hingesetzt, realistisch bis zum Umkippen ins Gespenstische. Nach Dürrenmatts These, daß eine Geschichte nur dann bis zu Ende erzählt ist, wenn sie ihren schlimmstmöglichen Punkt erreicht hat, geht das Durcheinandertal samt Dorf und Kurhaus mit Mann und Maus in Flammen auf. Nichts bleibt, sagt Dürrenmatt.

Bis zu seinem Tod am 14. Dezember 1990 war er voller Pläne. Einige verrät er uns in seinem letzten Buch, *Turmbau – Stoffe IV–IX*. Wie *Stoffe I–III* besteht es aus Fragmenten und Inhaltsangaben aufgegebener Geschichten und Stücke nebst sich daran knüpfenden Betrachtungen und Spekulationen. Der Titel *Turmbau* bezieht sich auf das frühe Drama, das Nebukadnezars frevelhaften Turmbau zu Babel zum Inhalt hatte, sich aber als mißlungen erwies. Oder wie denn gestaltet man auf der Bühne die Eroberung des Himmels und die Ermordung Gottes?

In *Rollenspiele* hatte Dürrenmatt angekündigt, erst nach Erscheinen dieser zweiten Stoffe werde man wissen, wer er sei.[194] Wer nun ist Friedrich Dürrenmatt? Er ist der, den wir schon kennen. In dem Kapitel *Die Brücke* wagt Dürrenmatt einen Blick auf sich selbst. Dazu muß er sich zum objektivierten Gegenstand machen, sich von außen zu betrachten, sich vorurteilsfrei zu sehen, zu erkennen versuchen. Dergleichen erweist sich als unmöglich. Es ist ja immerzu ein Subjekt, das sich um Objektivität bemüht, also niemals vollkommen sachlich, neutral sein kann. Nachdem Dürrenmatt zwölf denkbare Reaktions- und Verhaltensweisen in einer bestimmten Situation durchgespielt hat, stellt er fest: *Die Wahrheit versagt sich uns im Falle F. D. kategorisch.*[195]

Das Buch enthält auch die Skizzen perfekt komponierter Erzählungen – Endzeitprodukte. In *Das Haus* wird ein Mathematik-Student von Tobsüchtigen und Wahnsinnigen malträtiert und von einem blinden Hausmeister erschlagen. Der Berufskiller *Vinter*, von seiner Arbeit enttäuscht, läßt sich von Ratten auffressen. *Der Tod des Sokrates*, ein Dramenprojekt, hat Dürrenmatt schon in Charlotte Kerrs «Porträt eines Planeten» erzählt, frei sprechend, sich selbst köstlich amüsierend, eine Burleske über Platon, Xanthippe, Aristophanes und Sokrates, Szene für Szene. Natürlich stellt er die Historie auf den Kopf, aber eine Ausarbeitung erübrigt sich nun, sie wäre für den Autor kein Abenteuer, böte keine Überraschung mehr.

Dürrenmatt gibt weitere Gründe an, warum er sich vom Theater zurückgezogen hat. Anscheinend hat er vor seinen eigenen Ansprüchen kapituliert. Wie sein Theater sein müßte, hat er bei einer Probe zu «Titus Andronikus» erkannt. Regie führte Peter Brook. *Was ich damals in jener Nacht in Paris für Bühnenungeheuerlichkeiten erlebte, war das Theater, das ich mir erträumte, das Theater in seiner möglichen Unmöglichkeit, das Theater als Weltspiegel, verzerrt und übertrieben, doch durch Verzerrung und Übertreibung wahr, der Wirklichkeit gewachsen, das Theater als schreckliche Gegenwelt, in der unsere schreckliche Welt darstellbar wird. Alles war sinnlos und sinnvoll zugleich, die Welt war Bühne und die Bühne Welt, und gleichzeitig wurde mir bewußt, daß diese Welt nicht mehr zu beschreiben war, wie sie Shakespeare beschrieb, daß es eine andere Sprache, andere Verfremdungen und Verzerrungen brauche, sie darzustellen.*[196]

Turmbau enthält Worte über die Schwierigkeit für Schweizer, Hochdeutsch zu lernen, über das Scheitern des Kommunismus, über den Menschen, der nicht mehr Natur sein will, über Dürrenmatts zeitweilige Leitbilder Stefan George, Ernst Jünger, Goethe, Kant, aber *ohne Kierkegaard bin ich nicht zu verstehen*[197]. Die Kenntnis Kierkegaards mag für die Erforschung von Dürrenmatts geistiger Entwicklung notwendig sein, das schriftstellerische Werk ist aus sich heraus verständlich.

Zum Irrwitzigsten und Gewaltigsten, was Dürrenmatt geschrieben hat, gehört das Schlußkapitel *Das Hirn*. Friedrich Dürrenmatt stellt sich vor, das menschliche Gehirn sei zu Beginn allen Seins ein dimensionsloser Punkt, und aus dem Urknall heraus entwickelt er eine grandiose und fürchterliche Weltentstehungs- und Menschheitsgeschichte, eine Evolutionslehre von Mord zu Mord. Und dann sind wir wieder da, wo alles Dürrenmattsche Denken zu enden scheint, bei dem Zweifel, ob wir überhaupt existieren, ob die Welt existiert, ob wir nur gedacht werden von einem uns unbegreiflichen Gehirn, ob wir Menschen nicht leibhaftig, sondern nur Fiktionen sind – einschließlich Friedrich Dürrenmatt.

In seinem Arbeitszimmer, 1985

Wer war Friedrich Dürrenmatt?

In ihrem Film stellt Charlotte Kerr dem Autor einige Grundsatzfragen. Auf die Frage, ob er ein Moralist sei, antwortet er: *Die Frage an einen Schriftsteller zu richten, ist für mich etwas merkwürdig. Moral hat nichts mit Schriftstellerei zu tun, sondern sagen wir mal mit persönlichem Lebensstil, aber nicht mit Schriftstellerei. Ich bin mehr ein Arzt, der eine Diagnose stellt.* Auf die Frage, ob Diagnostiker nicht doch eine moralische Haltung sei: *Nein, ich glaube, ich bin Diagnostiker eigentlich mehr aus Neugierde über den Menschen, weil der für mich das interessanteste Wesen in unserem Kosmos ist. Rein wissenschaftlich bin ich Diagnostiker dem Menschen gegenüber. Ich glaube, daß die heutige Menschheit in einer biologischen Krise steckt, daß sie sich in einer gefährlichen Krankheit befindet, aus biologischen Gründen, indem sie so zahlreich geworden ist. Man weiß heute eigentlich alles, wie man überleben könnte. Man hat noch nicht gelernt, es anzuwenden. Die Menschheit ist evolutionär in einen Engpaß geraten. Das*

129

ist im wesentlichen nicht eine moralische Auffassung, eben eine diagnosti-sche. Und auf die Frage nach der Willensfreiheit: *Ja, ich glaube auch an Willensfreiheit. Ich glaube sowohl, daß der Mensch determiniert ist, aber ich glaube, er ist ein zu kompliziertes Wesen, als daß er nur determiniert sein kann. Also ich glaube, der Mensch kann auch Entscheidungen fällen. Die Willensfreiheit, glaube ich, ist dann gegeben, wenn ein sehr kompli-ziertes Wesen entstanden ist.* Auch auf die Frage, ob er mit seinen Stücken provozieren wolle, hat Dürrenmatt viel zu erwidern. Zusammengefaßt: *Ich will eigentlich nicht provozieren. Ich möchte Aufmerksamkeit er-wecken – ich glaube, daß man heute mit einem Stück sagen wir mal gewisse Warnungen, gewisse Zeichen geben kann, aber nicht daß ich das in der Hoffnung mache, daß sich dann die Menschen ändern.* Auf die Frage, ob er, als Pastorensohn, gläubig sei, ist Dürrenmatt stets gefaßt. *Da sag ich immer: gläubig an was? Zum Beispiel gibt es keine Welt ohne Glauben, es gibt nicht einmal die Welt der Wissenschaft ohne Glauben. Glauben hat ganz ungeheuer viel mit Phantasie zu tun. Und Glauben an Gott? Das ist ja wohl die schwierigste Frage. Was ist Gott? Das ist nun so etwas Nebelhaftes. Wenn man sich mit der Natur beschäftigt, wenn man also weiß, wie das Universum ist – da sich einen persönlichen Gott vorzustellen, das ist eigent-lich unmöglich heute geworden. Ich kann mir das nicht mehr vorstellen. Für mich gibt es eigentlich keinen einzigen Grund, keinen logischen Grund, einen Gott anzunehmen. Gott kann nicht bewiesen werden, er kann also nur geglaubt werden. Und ich kann nur sagen: Bis jetzt habe ich keinen Gott gefunden, der mir einleuchtet. Ich denke oft an meinen Vater, der sagte, es sei für ihn schrecklich vorzustellen, daß man nach dem Tode nichts mehr sei. Also für mich ist das überhaupt nichts Schreckliches. Für mich ist das Nichts-mehr-Sein überhaupt keine schreckliche Vorstellung. Warum soll man sein? Also wenn man nichts mehr ist, ist man eben nichts mehr.*

Anmerkungen

1 *Über Friedrich Dürrenmatt.* Hg. von Daniel Keel. Band 30 der Werkausgabe. Zürich 1986. S. 39
2 Ebd., S. 417
3 Bertolt Brecht: «Kann die heutige Welt durch Theater wiedergegeben werden?» In Band 16 der «Gesammelten Werke», Frankfurt a. M. 1967. S. 929f
4 *Gespräch mit Heinz Ludwig Arnold.* Zürich 1976. S. 40f
5 Ebd., S. 43
6 Ebd., S. 73
7 Ebd., S. 62f
8 *Theater. Essays, Gedichte und Reden.* Band 24 der Werkausgabe. Zürich 1980/83. S. 84f
9 Elisabeth Brock-Sulzer: «Friedrich Dürrenmatt. Stationen seines Werkes», Zürich 1986. S. 15
10 *Stoffe I–III.* Zürich 1981. S. 11
11 Ebd., S. 18
12 *Gespräch mit Heinz Ludwig Arnold,* S. 9
13 Ebd., S. 11
14 *Stoffe I–III,* S. 22f
15 Ebd., S. 35
16 *Die Welt als Labyrinth. Ein Gespräch mit Franz Kreuzer.* Zürich 1986. S. 36
17 *Philosophie und Naturwissenschaft.* Band 27 der Werkausgabe. Zürich 1980. S. 125
18 *Aus den Papieren eines Wärters. Frühe Prosa.* Band 18 der Werkausgabe. Zürich 1980. S. 9
19 Ebd., S. 19
20 Ebd., S. 23
21 *Es steht geschrieben. Der Blinde. Frühe Stücke.* Band 1 der Werkausgabe. Zürich 1985. S. 293
22 Ebd., S. 294
23 Ebd., S. 291f
24 *Aus den Papieren eines Wärters. Frühe Prosa,* S. 38
25 Ebd., S. 68f
26 Ebd., S. 67
27 *Es steht geschrieben. Der Blinde. Frühe Stücke,* S. 325
28 Ebd., S. 324
29 Ebd., S. 11
30 Friedrich Dürrenmatt im Programmheft des Schauspielhauses Zürich zu *Es steht geschrieben,* 1947
31 *Es steht geschrieben. Der Blinde. Frühe Stücke,* S. 23
32 Ebd., S. 58
33 Ebd., S. 170
34 Ebd., S. 256
35 Ebd., S. 179
36 Ebd., S. 242
37 *Romulus der Große.* Band 2 der Werkausgabe. Zürich 1985. S. 122f
38 Ebd., S. 109
39 Ebd., S. 108
40 Ebd., S. 112
41 Georg Hensel: «Spielplan». Berlin 1966. S. 1032
42 *Romulus der Große,* S. 120
43 *Gespräch mit Heinz Ludwig Arnold,* S. 79
44 Ebd., S. 33

45 *Der Richter und sein Henker. Der Verdacht. Kriminalromane.* Band 19 der Werkausgabe. Zürich 1980. S. 68
46 Ebd., S. 203
47 Ebd., S. 218
48 Ebd., S. 219
49 Ebd., S. 221
50 Ebd., S. 224
51 Ebd., S. 225
52 Ebd., S. 226
53 Ebd., S. 248
54 Ebd., S. 249
55 Ebd., S. 251
56 Ebd., S. 252
57 Ebd., S. 254
58 Ebd., S. 254f
59 Ebd., S. 264
60 *Aus den Papieren eines Wärters*, S. 108f
61 *Der Hund. Der Tunnel. Die Panne. Erzählungen.* Band 20 der Werkausgabe. Zürich 1985. S. 21
62 Ebd., S. 32
63 Ebd., S. 97
64 Ebd., S. 98
65 Ebd., S. 34
66 Ebd., S. 11
67 Ebd., S. 18
68 *Aus den Papieren eines Wärters*, S. 83
69 Ebd., S. 88
70 Ebd., S. 197
71 Ebd., S. 137
72 Ebd., S. 165
73 *Gespräch mit Heinz Ludwig Arnold*, S. 34
74 *Persönliche Anmerkung.* In: *Bilder und Zeichnungen.* Hg. von Christian Strich. Mit einer Einleitung von Manuel Gasser und Kommentaren von Friedrich Dürrenmatt. Zürich 1978 [ohne Seitenzahl]
75 Hans Bänziger: «Dürrenmatt-Chronologie». In: «Zu Friedrich Dürrenmatt». Hg. von Armin Arnold. Stuttgart 1982. S. 12
76 *Literatur und Kunst. Essays und Reden.* Band 26 der Werkausgabe. Zürich 1980. S. 42–53
77 *Die Ehe des Herrn Mississippi. Komödie und Drehbuch.* Band 3 der Werkausgabe. Zürich 1985. S. 119f
78 Ebd., S. 34
79 Ebd., S. 35
80 Ebd., S. 8
81 Ebd., S. 97
82 Gottfried Benn: «Autobiographische und Vermischte Schriften». Wiesbaden 1961. S. 298
83 *Die Ehe des Herrn Mississippi*, S. 57
84 Ebd., S. 218
85 *Nächtliches Gespräch mit einem verachteten Menschen. Stranitzky und der Nationalheld. Das Unternehmen der Wega. Hörspiele und Kabarett.* Band 17 der Werkausgabe. Zürich 1980. S. 31
86 *Kritik. Kritiken und Zeichnungen.* Band 25 der Werkausgabe. Zürich 1980. S. 152f
87 *Nächtliches Gespräch mit einem verachteten Menschen*, S. 121
88 *Die Panne. Hörspiel und Komödie.* Band 16 der Werkausgabe. Zürich 1985. S. 46
89 Ebd., S. 34
90 Ebd., S. 46
91 Ebd., S. 51
92 Ebd., S. 45
93 *Der Hund. Der Tunnel. Die Panne*, S. 94
94 *Die Panne. Hörspiel und Komödie*, S. 162f
95 Ebd., S. 147f
96 Ebd., S. 166
97 *Der Meteor. Dichterdämmerung. Nobelpreisträgerstücke.* Band 9 der Werkausgabe. Zürich 1985. S. 191
98 *Nächtliches Gespräch mit einem verachteten Menschen. Stranitzky und der Nationalheld. Das Unternehmen Wega*, S. 157
99 *Ein Engel kommt nach Babylon.*

Fragmentarische Komödie. Band 4 der Werkausgabe. Zürich 1985. S. 121

100 *Kritik*, S. 147

101 *Stoffe I–III*, S. 242 f

102 *Grieche sucht Griechin. Mister X macht Ferien. Grotesken.* Band 21 der Werkausgabe. Zürich 1980. S. 148

103 Ebd., S. 149

104 *Theater, Essays, Gedichte und Reden*, S. 59 ff

105 Ebd., S. 25

106 Ebd., S. 24 f

107 *Die Physiker. Komödie.* Band 7 der Werkausgabe. Zürich 1985. S. 91 ff

108 *Stoffe I–III*, S. 248

109 *Der Besuch der alten Dame. Eine tragische Komödie.* Band 5 der Werkausgabe. Zürich 1980. S. 91

110 Ebd., S. 125

111 Ebd., S. 130

112 Ebd., S. 141

113 Ebd., S. 134

114 *Das Versprechen. Requiem auf den Kriminalroman. Aufenthalt in einer kleinen Stadt. Fragment.* Band 22 der Werkausgabe. Zürich 1980. S. 203

115 Ebd., S. 145

116 *Frank der Fünfte. Komödie einer Privatbank. Mit Musik von Paul Burkhard.* Band 6 der Werkausgabe 1985. S. 153

117 Ebd., S. 155

118 *Die Physiker*, S. 16 f

119 Hans Mayer: «Dürrenmatt und Brecht oder Die Zurücknahme». In: *Über Friedrich Dürrenmatt*, S. 65

120 *Die Physiker*, S. 65 f

121 Ebd., S. 66

122 Ebd., S. 74

123 Ebd., S. 92

124 *Über Friedrich Dürrenmatt*, S. 406

125 *Herkules und der Stall des Augias. Der Prozeß um des Esels Schatten. Griechische Stücke.* Band 8 der Werkausgabe. Zürich 1985. S. 115

126 Friedrich Dürrenmatt / Charlotte Kerr: *Rollenspiele, Protokoll einer fiktiven Inszenierung und Achterloo III.* Zürich 1986. S. 102

127 *Literatur und Kunst*, S. 33 und S. 54, und *Politik. Essays, Gedichte und Reden.* Band 28 der Werkausgabe. Zürich 1986. S. 15

128 *Rollenspiele*, S. 111

129 Ebd., S. 129

130 *Literatur und Kunst*, S. 67

131 *Der Meteor*, S. 23 f

132 *Gespräch mit Heinz Ludwig Arnold*, S. 39 f

133 *Der Meteor*, S. 59

134 Ebd., S. 90

135 Ebd., S. 95

136 Ebd., S. 90 f

137 *Die Welt als Labyrinth*, S. 30 f

138 *Die Wiedertäufer. Komödie in zwei Teilen.* Band 10 der Werkausgabe. Zürich 1980. S. 114 f

139 *Über Friedrich Dürrenmatt*, S. 190 f

140 *Die Wiedertäufer*, S. 122

141 *König Johann. Titus Andronicus. Shakespeare-Umarbeitungen.* Band 11 der Werkausgabe. Zürich 1985. S. 203

142 *Play Strindberg. Porträt eines Planeten. Übungsstücke für Schauspieler.* Band 12 der Werkausgabe. Zürich 1980. S. 193

143 1970 in Zürich als Buch erschienen, enthalten auch in *Politik*, S. 77–114

144 *Goethes Urfaust. Büchners Woyzeck.* Band 13 der Werkausgabe. Zürich 1980. S. 25

145 Ebd., S. 54

146 Ebd., S. 121 ff

147 Ebd., S. 129 f

148 *Kritik*, S. 157

149 *Play Strindberg. Porträt eines Planeten*, S. 187

150 *König Johann. Titus Andronicus*, S. 197

151 *Stoffe I–III*, S. 331

152 Ebd., S. 334
153 *Philosophie und Naturwissenschaft*, S. 107
154 Ebd., S. 71
155 *Die Welt als Labyrinth*, S. 20
156 *Zusammenhänge. Essay über Israel. Eine Konzeption. Nachgedanken.* Band 29 der Werkausgabe. Zürich 1980
157 *Über Friedrich Dürrenmatt*, S. 334
158 In: *Zusammenhänge.* Band 29 der Werkausgabe
159 *Philosophie und Naturwissenschaft*, S. 130 f
160 Ebd., S. 152 f
161 Ebd., S. 172
162 Ebd., S. 165 f
163 In: *Der Sturz. Abu Chanifa und Anan ben David. Smithy. Das Sterben der Pythia. Erzählungen.* Band 23 der Werkausgabe. Zürich 1985
164 Charlotte Kerr in ihrem Film «Porträt eines Planeten. Ein Abend mit Friedrich Dürrenmatt», 1984, im Auftrag des Süddeutschen Rundfunks, Stuttgart
165 *Gespräch mit Heinz Ludwig Arnold*, S. 42 f
166 *Der Mitmacher. Ein Komplex.* Band 14 der Werkausgabe. Zürich 1986. S. 86
167 Ebd., S. 87
168 Ebd., S. 90
169 Ebd., S. 109
170 Ebd., S. 111
171 Ebd., S. 316 f
172 *Die Frist. Komödie.* Band 15 der Werkausgabe. Zürich 1980. S. 141
173 Ebd., S. 142
174 Ebd., S. 135–147
175 *Die Heimat im Plakat. Ein Buch für Schweizer Kinder.* Zürich 1963 und 1981 [Zitat aus dem Vorwort]
176 *Bilder und Zeichnungen* [Anhang ohne Seitenzahlen]
177 *Stoffe I–III*, S. 121
178 Ebd., S. 105
179 Ebd., S. 175
180 Ebd., S. 311 f
181 Ebd., S. 314
182 «Porträt eines Planeten. Ein Abend mit Friedrich Dürrenmatt»
183 *Rollenspiele*, S. 11
184 Ebd., S. 111
185 Ebd., S. 200
186 *Justiz.* Zürich 1985. S. 126
187 Ebd., S. 86
188 Ebd., S. 87
189 *Der Auftrag oder Vom Beobachten des Beobachters der Beobachter. Novelle.* Zürich 1986. S. 13
190 *Versuche.* Zürich 1988. S. 52
191 Ebd., S. 115
192 Ebd., S. 116
193 Ebd., S. 102
194 *Rollenspiele*, S. 94
195 *Turmbau*, S. 92
196 Ebd., S. 44
197 Ebd., S. 123

Zeittafel

1921	5. Januar: Geboren in Konolfingen, im Emmental, Kanton Bern. Eltern: Reinhold Dürrenmatt, protestantischer Pfarrer, und Ehefrau Hulda geb. Zimmermann
1928–1933	Primarschule in Stalden bei Konolfingen
1933–1935	Sekundarschule im Nachbardorf Großhöchstetten
1935	Umzug der Familie nach Bern. Zweieinhalb Jahre Freies Gymnasium, dann Humboldtianum
1941–1946	Nach der Maturität (= schweiz. für Abitur) Studium der Literatur und Philosophie in Bern und Zürich
1943	Erzählungen: *Weihnacht, Der Folterknecht, Die Wurst, Der Sohn.* Komödie: *Untergang und neues Leben*
1945	Erste Publikation: *Der Alte* (Erzählung). Geschrieben die Erzählungen *Das Bild des Sisyphos, Der Theaterdirektor*
1946	Heirat mit der Schauspielerin Lotti Geißler.
1947	Umzug nach Basel. Erzählungen: *Die Falle, Pilatus.* Hörspiel: *Der Doppelgänger.* Uraufführung *Es steht geschrieben* im Schauspielhaus Zürich. Preis der «Welti-Stiftung für das Drama» für *Es steht geschrieben.* Geburt des Sohnes Peter. Theaterkritiken für die Berner Zeitung «Die Nation»
1948	Uraufführung *Der Blinde* im Stadttheater Basel. Umzug nach Ligerz am Bielersee. Sketche für das Zürcher «Cabaret Cornichon», zwei werden aufgeführt
1949	Uraufführung *Romulus der Große* im Stadttheater Basel. Geburt der Tochter Barbara. Erste Dürrenmatt-Aufführung in Deutschland: *Romulus der Große* in Göttingen
1950	Kriminalroman: *Der Richter und sein Henker*
1951	Kriminalroman: *Der Verdacht.* Hörspiel: *Der Prozeß um des Esels Schatten.* Erzählung: *Der Hund.* Theaterkritiken für die «Zürcher Weltwoche» (bis 1953). Geburt der Tochter Ruth
1952	Umzug ins eigene Haus in Neuchâtel. Uraufführung *Die Ehe des Herrn Mississippi* in den Münchner Kammerspielen. Erste Dürrenmatt-Aufführung in einer fremden Sprache: *Les Fous de Dieu* (*Es steht geschrieben*) im Pariser Théâtre des Mathurins. Neun Prosastücke erscheinen als Sammelband unter dem Titel *Die Stadt.* Erzählung: *Der Tunnel.* Hörspiele: *Stranitzky und der Nationalheld, Nächtliches Gespräch mit einem verachteten Menschen* (szenische Uraufführung in den Münchner Kammerspielen)

1953	Uraufführung *Ein Engel kommt nach Babylon* in den Münchner Kammerspielen
1954	Literaturpreis der Stadt Bern für *Ein Engel kommt nach Babylon*. Hörspiele: *Herkules und der Stall des Augias* und *Das Unternehmen der Wega*. *Theaterprobleme*. Inszeniert im Stadttheater Bern *Die Ehe des Herrn Mississippi*
1956	Uraufführung *Der Besuch der alten Dame* im Schauspielhaus Zürich. Inszeniert *Der Besuch der alten Dame* in Basel. Hörspiele: *Die Panne* und *Abendstunde im Spätherbst*. Essay: *Vom Sinn der Dichtung in unserer Zeit*
1957	Hörspielpreis der Kriegsblinden für *Die Panne*. Schreibt Treatment zum Film *Es geschah am hellichten Tag*. Weiterentwicklung des Filmstoffs zum Roman *Das Versprechen*. Erzählung: *Mister X macht Ferien*. Erstaufführung *Der Besuch der alten Dame* in Paris
1958	Prix Italia für *Abendstunde im Spätherbst*. Literaturpreis der «Tribune de Lausanne» für *Die Panne*. Erstaufführung *Der Besuch der alten Dame* (*The Visit*) in New York, Lunt-Fontanne Theatre; Regie: Peter Brook
1959	Uraufführung *Frank V.* im Schauspielhaus Zürich. Preis der New Yorker Theaterkritiker für *Der Besuch der alten Dame*. Reise nach New York. Schillerpreis in Mannheim: Vortrag *Friedrich Schiller*. Preis zur Förderung des Bernischen Schrifttums für *Das Versprechen*. Inszeniert im Berner Ateliertheater seine Kammerspielfassung von *Der Besuch der alten Dame* mit Hilde Hildebrand
1960	Reise nach London. Erstaufführung *Der Besuch der alten Dame* (*La Visita della Vecchia Signora*) im Piccolo Teatro in Mailand; Regie: Giorgio Strehler. Erstaufführung *Die Ehe des Herrn Mississippi* im Théâtre La Bruyère, Paris; Regie: Georges Vitaly. Großer Preis der Schweizerischen Schillerstiftung. Drehbuch *Die Ehe des Herrn Mississippi*. Neuer Schluß für die Münchner Aufführung von *Frank V.*
1961	Reise nach Berlin. Erstaufführung des Films *Die Ehe des Herrn Mississippi* in Deutschland
1962	Uraufführung *Die Physiker* im Schauspielhaus Zürich
1963	Uraufführung *Herkules und der Stall des Augias* im Schauspielhaus Zürich. Schreibt für die Kabarettisten Voli Geiler und Walter Morath den Text zur szenischen Kantate *Die Hochzeit der Helvetia mit dem Merkur*. Ein Band mit satirischen Zeichnungen über die Schweiz erscheint: *Die Heimat im Plakat*. Erstaufführung *Die Physiker* (*The Physicists*) in London, Royal Shakespeare Company; Regie: Peter Brook
1964	Erstaufführung *Romulus der Große* im Théâtre National Populaire, Paris. Reise in die UdSSR. (Einladung zur Gedenkfeier zum 150. Todestag des ukrainischen Nationaldichters Schewtschenko.) Erstaufführung des Films *Der Besuch der alten Dame* (Originaltitel: *The Visit*) in Deutschland; Produktion 20th Century Fox. Mit Ingrid Bergman und Anthony Quinn
1966	Uraufführung *Der Meteor* im Schauspielhaus Zürich. Der Band *Theater – Schriften und Reden* erscheint. Erstaufführung des Films *Grieche sucht Griechin* in Deutschland

136

1967	Erstsendung des Films *Frank V.* im NDR; Regie: Friedrich Dürrenmatt. Uraufführung *Die Wiedertäufer* im Schauspielhaus Zürich (eine Komödienfassung des Erstlingsdramas *Es steht geschrieben*). Reise zum 4. sowjetischen Schriftstellerkongreß in Moskau. Im Zürcher Schauspielhaus Vortrag *Israels Lebensrecht*
1968	*Monstervortrag über Gerechtigkeit und Recht* vor Studenten in Mainz. Rede *Tschechoslowakei 1968* (Matinee im Basler Stadttheater). Beginn der Theaterarbeit in Basel mit Düggelin. Uraufführung *König Johann* (nach Shakespeare) im Stadttheater Basel. Grillparzer-Preis der österreichischen Akademie der Wissenschaften
1969	Uraufführung *Play Strindberg* in der Basler Komödie; Regie: Friedrich Dürrenmatt / Erich Hollinger. Die Basler Theaterarbeit wird durch eine schwere Krankheit Dürrenmatts und nach Differenzen mit der Direktion gestört. Dürrenmatt wendet sich im Oktober enttäuscht vom «Basler Experiment» ab. Großer Literaturpreis des Kantons Bern. Ehrendoktor der Temple University, Philadelphia. Reise nach Philadelphia, Florida, zu den Maya-Ausgrabungsstätten in Yukatán, den Karibischen Inseln, nach Jamaica, Puerto Rico, New York. Zeichnet als Mitherausgeber (bis 1971) der neuen Zürcher Wochenzeitung «Sonntags-Journal»
1970	Uraufführung *Urfaust* im Schauspielhaus Zürich; Regie: Friedrich Dürrenmatt. Uraufführungen *Porträt eines Planeten* und *Titus Andronicus* im Schauspielhaus Düsseldorf. Der Essay *Sätze aus Amerika* erscheint
1971	Erzählung *Der Sturz*. Dürrenmatt inszeniert eine Neufassung von *Porträt eines Planeten* im Schauspielhaus Zürich. Uraufführung der Oper *Besuch der alten Dame* von Gottfried von Einem in der Wiener Staatsoper
1972	Inszenierung von Büchners «Woyzeck» in Zürich. Italienische Verfilmung der *Panne*
1973	Inszeniert *Die Physiker* für ein Schweizer Tournee-Theater. Uraufführung *Der Mitmacher* im Schauspielhaus Zürich. Inszeniert *Der Mitmacher* in Warschau
1974	Ehrenmitgliedschaft der Ben-Gurion-Universität, Beerschewa (Israel). Vortrag *Zusammenhänge* (erweitert 1975; erscheint 1976). Inszeniert Lessings «Emilia Galotti» am Schauspielhaus Zürich. Erstaufführung *Der Mitmacher* in Athen
1975	Vortrag gegen die antiisraelische Resolution der UNO
1976	*Der Mitmacher. Ein Komplex* erscheint. November: Reise nach Wales zur Entgegennahme des Welsh Arts Council International Writer's Prize 1976
1977	Verleihung der Buber-Rosenzweig-Medaille des deutschen Koordinationsrats der Gesellschaften für christlich-jüdische Zusammenarbeit in der Paulskirche, Frankfurt a. M. Rede *Über Toleranz*. Uraufführung der Oper *Ein Engel kommt nach Babylon* von Rudolf Kelterborn im Zürcher Opernhaus. Uraufführung *Die Frist* im Kino Corso, der Ausweichbühne des Schauspielhauses Zürich. Ehrendoktor der Université de Nice. Ehrendoktor der Hebräischen Uni-

versität Jerusalem (Verleihung in Jerusalem). Erstaufführung *Der Mitmacher* in Genua

1978   Erstaufführung: Maximilian Schells Film *Der Richter und sein Henker* (mit Friedrich Dürrenmatt als Schriftsteller Friedrich). Inszeniert den *Meteor* in einer neuen Fassung am Wiener Theater in der Josefstadt. Der Band *Bilder und Zeichnungen* erscheint

1979   Vortrag *Albert Einstein* in Zürich. Großer Literaturpreis der Stadt Bern. Uraufführung *Die Panne* in Wilhelmsbad/Hanau; Regie Friedrich Dürrenmatt

1980   *Friedrich Dürrenmatt über F. D.*, Interview über dessen Komödien im Auftrag von Heinz Ludwig Arnold für den Theater Verlag Reiss AG, erscheint im Dezember zum 60. Geburtstag Dürrenmatts. *Dichterdämmerung. Eine Komödie* und *Nachgedanken* erscheinen bei Diogenes in der Werkausgabe in 30 Bänden

1981   60. Geburtstag. Ehrendoktor der Universität Neuchâtel. Festvorstellung *Romulus der Große* in Zürich. März–Juni: «Writer in Residence» an der University of Southern California, Los Angeles. Internationales Dürrenmatt-Symposium, Los Angeles. Ausstellung von Bildern und Zeichnungen in Bern (Loeb-Galerie). *Stoffe I–III* erscheint. Weinpreis für Literatur der edition text + kritik, Göttingen

1982   Im ORF: *Die Welt als Labyrinth*. Gespräch mit Franz Kreuzer. *Vorgedanken über die Wechselwirkung (störend, fördernd) zwischen Kunst und Wissenschaft:* Vortrag am ETH-Symposium Zürich. Im Fernsehen DRS: Fernsehfassung *Der Besuch der alten Dame*

1983   Tod von Frau Lotti. Ehrendoktorwürde der Universität Zürich. Uraufführung der Komödie *Achterloo* im Schauspielhaus Zürich. Reise nach Griechenland und Südamerika

1984   Carl-Zuckmayer-Medaille des Landes Rheinland-Pfalz. Österreichischer Staatspreis für Europäische Literatur 1983. Heirat mit der Filmemacherin, Schauspielerin und Journalistin Charlotte Kerr. Vortrag *Kunst und Wissenschaft* an der Johann-Wolfgang-Goethe-Universität in Frankfurt a. M. Süddeutscher Rundfunk, III. Programm: Filmporträt von Charlotte Kerr *Porträt eines Planeten. Von und mit Friedrich Dürrenmatt*

1985   *Minotaurus. Eine Ballade*. Mit Zeichnungen des Autors. Ausstellung Friedrich Dürrenmatt, *Das zeichnerische Werk* in Neuchâtel (Musée d'Art et d'Histoire). Bayerischer Literaturpreis (Jean-Paul-Preis). *Justiz* erscheint. Reise nach Ägypten. Das Stück «Dürrenmatt in Kairo» hat in der ägyptischen Hauptstadt in Anwesenheit Dürrenmatts Premiere. Das Stück behandelt die Schwierigkeiten, Werke Dürrenmatts und anderer europäischer Autoren in arabischer Sprache auf ägyptische Bühnen zu bringen

1986   Novelle: *Der Auftrag oder Vom Beobachten des Beobachters der Beobachter*. Gemeinsam mit Charlotte Kerr: *Rollenspiele. Protokoll einer fiktiven Inszenierung und Achterloo III*. Premio Letterario Internazionale Mondello. Georg-Büchner-Preis. Ehrenpreis des Schiller-Gedächtnis-Preises

1988   Inszeniert im Rokokotheater Schwetzingen die Uraufführung der

138

3. Fassung von *Achterloo*. Proben und Aufführungen werden von der ARD aufgezeichnet. *Versuche*. Wird anläßlich des 10^e Festival International du Roman et du Film Noir in Grenoble mit dem Prix Alexei Tolstoi ausgezeichnet.

1989 Am 14. Januar in allen dritten Programmen der ARD *Achterloo IV*, Aufzeichnungen der Proben und der Aufführung in Schwetzingen. Erhält den Ernst-Robert-Curtius-Preis für Essayistik in Bonn. Die Laudatio hält Oskar Lafontaine. *Durcheinandertal. Roman.*

1990 Schenkt seinen literarischen Nachlaß der Eidgenossenschaft zur Bildung eines «Schweizer Literaturarchivs». *Turmbau-Stoffe IV–IX.* Friedrich Dürrenmatt stirbt am 14. Dezember an den Folgen eines Herzinfarkts in seinem Haus in Neuchâtel.

Zeugnisse

Walter Jens
Wie viele große Künstler – und niemand wird bestreiten, daß der Autor der *Alten Dame* ein g r o ß e r Schriftsteller ist – hat auch Friedrich Dürrenmatt nur ein einziges Thema, das er in jedem Stück unter einem anderen Aspekt zu betrachten sucht. Es heißt: Wie behauptet sich ein reiner Mensch in einem Äon des Chaos, der Heuchelei und der Macht?

«Die Zeit», 18. Juli 1958

Elisabeth Brock-Sulzer
Er versagt unserer Zeit die Tragödie, den Helden – aber er verweist diese unsere Zeit auf den tapferen Menschen. Der Held, der die Welt ändern wolle, werde an der totalen Aussichtslosigkeit seines Unternehmens zum Unsinn, der tapfere Mensch jedoch, der diese schreckliche Welt bestehe, er sei immer noch, immer mehr das Ziel. Das klarsichtige Lachen ist eine Art, die Welt zu bestehen. Seine Menschenrolle anstandsvoll durchzuhalten, sich nicht zu drücken, sich nicht falsch zu entschuldigen – immer geht es darum. Und darum ist auch vielleicht das Theaterspiel die Dürrenmatt angemessene Form. Der Schauspieler ist ganz geradelinig der Mensch, der seine Rolle spielt, der sich nicht drücken darf, der hier und jetzt sein Rhodos findet, wo er tanzen muß.

«Frankfurter Allgemeine Zeitung», 13. Mai 1961

Teo Otto
Wir machten zusammen endlose Spaziergänge, auf denen er oft blödelte, um mitten im Blödeln ein Zitat von Ewigkeitswert fallenzulassen. Und wie christlich sind diese Gespräche gewesen! Grandios, wie er die bitteren Jahre überstand. Er ist ein großer Schweizer. Er ist nicht darauf angewiesen zu reisen. Er läuft mit seinem eigenen Dach herum. Seltsam, dieser Mensch, der die gefährlichsten geistigen Gratwanderungen macht, gewagte Spaziergänge ins menschliche Chaos unternimmt, ist ein Gigant der Ordnung. Seine Manuskripte, zehn- bis fünfzehnmal überarbeitet, sind gestochen scharf. Er ist ein gefährdeter Mensch. Ein Moralist, der sich unmoralisch und antireligiös gibt. Seine Klage ist ausgeschlagen in: Es ist alles Spaß auf Erden – nur nicht in seinem Innersten. Er ist legiti-

miert, mitzureden... Er kennt tatsächlich keine Barrieren, er reißt den letzten Rest des Feigenblatts herunter. Er ist ein Verwandter von Hieronymus Bosch.

Aus: Peter Wyrsch, «Die Dürrenmatt-Story».
In: «Schweizer Illustrierte Zeitung», 8. April 1963

J. R. von Salis

Ich weiß nicht, wer Dürrenmatt einen «zähen Protestanten» genannt hat (wohl im Gegensatz zu dem wendigeren Katholiken Brecht). Obschon er sich in Lessings «Hamburger Dramaturgie» vertieft und von ihm gelernt hat und obgleich seine Formsprache Verwandtes mit Brechts offener Form aufweist, geht ihm der Optimismus der damaligen Aufklärer und der heutigen Weltverbesserer völlig ab. Sein Scharfsinn und seine Aufrichtigkeit lassen keine utopische Selbsttäuschung zu – er scheint, im Unterschied zu politisch engagierten Schriftstellern, vom «Mut zur Utopie» nicht viel zu halten. Das ist bei einem Kierkegaard nicht anders. Das «metaphysische Bedürfnis», von dem Schopenhauer spricht und das Dürrenmatt nicht fremd ist, hält beide nicht von einer dunklen Weltschau ab. Jacob Burckhardt, auch ein zweifelnder Pfarrerssohn, pflegte zu sagen: «Es ist eine böse Welt.» Ich sehe Dürrenmatt in solchen Zusammenhängen. In seinem Werk fehlen nicht apokalyptische Visionen.

«Grenzüberschreitungen. Ein Lebensbericht». 1979

Joachim Kaiser

Dürrenmatt hat – kann ein Schriftsteller mehr erreichen? – unser aller Weltgefühl verändert. Er vermochte das Selbstbewußtsein, zumindest die Selbstzufriedenheit der Vernunft zu erschüttern. Nicht mit Thesen, sondern mit erkennbaren Theatertaten und gedichteten Situationen hat er begreiflich gemacht, in welcher Welt wir leben müssen.

«Süddeutsche Zeitung», 5./6. Januar 1981

Marcel Reich-Ranicki

Gar kein Zweifel: Dieser schwerfällige Mann aus der schweizerischen Provinz gehört zu den unverwechselbaren Figuren der europäischen Literatur nach 1945. Dürrenmatt ist beinahe ein Genie, nur eben ein albernes, vielleicht sogar das albernste in diesem Jahrhundert. Er gehört – und das gibt es in deutschen Landen nur sehr selten – zu den Predigern mit Pfiff, er fungiert als ein professioneller Prophet, dem es gefällt, Schreckliches zu verkünden, und dem es gelingt, dabei niemandem die Laune zu verderben. Ja, er ist ein pessimistischer, ein pechschwarzer Poet, der aber immer wieder Allotria treibt und dann, halb drohend und halb lachend, behauptet, es sei Philosophie, wenn nicht gar Theologie. Gern beruft er sich auf Karl Barth, doch habe ich zuweilen den Verdacht, daß man ihn eher in der Nähe von Karl Valentin sehen sollte.

«Frankfurter Allgemeine Zeitung», 30. November 1985

Friedrich Luft

Er ist der unbequeme Zeitgenosse geblieben, als der er vor einem halben Jahrhundert antrat. Er hat sein erquickliches Gift seitdem in viele Bücher geleitet, zuletzt in den gruselig geschachtelten Kriminalroman *Justiz*, der gleichzeitig (wen wundert's?) eine raffiniert geschachtelte Horrorgeschichte von des heutigen Menschen Verlorenheit und tiefster Verlegenheit ist.

Der alte Vulkan brodelt noch. Dürrenmatt mischt sich immer noch ein, ist nach wie vor gut für viele öffentliche Anfechtungen und produktive Skandale, wenn er jetzt auch lieber zu malen pflegt, Mehrfachbegabung, die dieser rumorende Mann immer noch ist. Ein Unruhestifter ist «klassisch» geworden. Unruhe stiftend ist er deswegen, gottlob, geblieben.

«Die Welt», 3. Januar 1986

Georg Hensel

Mag Dürrenmatt die Welt auch für undurchschaubar halten, er hat nie davon abgelassen, sie denkend zu durchdringen und sie zu durchschauen, so weit seine Augen und sein Himmelsmörser reichen. Sie reichen weit: Wer beherrscht schon wie er die weiten Felder des Theaters und der Erzählung, der historischen und politischen Analyse, der Kernphysik, der Astronomie und der Philosophie! Unter den zeitgenössischen Dramatikern des Welttheaters ist er der radikalste Denker. Das macht ihn und sein Werk einzigartig.

Laudatio bei der Verleihung des Georg-Büchner-Preises
Darmstadt, 10. Oktober 1986

Bibliographie

1. Bibliographien

HANSEL, JOHANNES: Friedrich-Dürrenmatt-Bibliographie. Bad Homburg / Berlin / Zürich: Gehlen 1968 (= Bibliographien zum Studium der deutschen Sprache und Literatur 3)

SPYCHER, PETER: Bibliographie. In: SPYCHER, Friedrich Dürrenmatt. Das erzählerische Werk. Frauenfeld / Stuttgart: Huber 1972. S. 418–424

HÖNES, WINFRIED: Bibliographie zu Friedrich Dürrenmatt. In: text + kritik Heft 50/51 (1976), S. 93–108

KNAPP, GERHARD P.: Bibliographie der wissenschaftlichen Sekundärliteratur. In: Friedrich Dürrenmatt. Heidelberg 1976. S. 257–268

2. Primärliteratur

a) Werkausgabe

Werkausgabe in 30 Bänden. Das dramatische Werk in 17 und das Prosawerk in 12 Einzelbänden. Als abschließenden Band: Über Friedrich Dürrenmatt. Essays, Aufsätze, Zeugnisse und Rezensionen von Gottfried Benn bis Saul Bellow. Hg. von DANIEL KEEL in Zusammenarbeit mit dem Autor. Redaktion: Thomas Bodmer. Gebundene Ausgabe: Zürich: Arche 1980–1986 – Taschenbuchausgabe: Zürich: Diogenes 1980–1986 (detebe 20831–20861)

b) Einzelausgaben von in der Werkausgabe nicht enthaltenen Veröffentlichungen

Die Heimat im Plakat. Ein Buch für Schweizer Kinder. Zürich: Diogenes 1963 (= Club der Bibliomanen) und Zürich: Diogenes 1981 (= kunstdetebe 26026)

Bilder und Zeichnungen. Hg. von CHRISTIAN STRICH. Mit einer Einleitung von Manuel Gasser und Kommentaren von Friedrich Dürrenmatt. Zürich: Diogenes 1978 (= Club der Bibliomanen 59)

Friedrich Dürrenmatt Lesebuch. Zürich: Arche 1978

Stoffe I–III Der Winterkrieg in Tibet – Mondfinsternis – Der Rebell. Zürich: Diogenes 1981

Achterloo. Eine Komödie. Zürich: Diogenes 1983

Minotaurus. Eine Ballade. Zürich: Diogenes 1985

Justiz. Roman. Zürich: Diogenes 1985

Œuvres graphiques. Catalogue du Musée d'Art et d'Histoire, Neuchâtel 1985

Der Auftrag oder Vom Beobachten des Beobachters der Beobachter. Novelle. Zürich: Diogenes 1986

Versuche. Zürich: Diogenes 1988
Durcheinandertal. Zürich: Diogenes 1989
Turmbau. Stoffe IV–VIII. Begegnung – Querfahrt – Die Brücke – Das Haus – Das Hirn. Zürich: Diogenes 1990

c) Interviews (in chronologischer Folge)

VIETTA, EGON (Hg.): Theater. Darmstädter Gespräch 1955. Darmstadt: Neue Darmstädter Verlangsanstalt 1955 (= Darmstädter Gespräch 5), S. 233–238
BIENEK, HORST: Werkstattgespräche mit Schriftstellern, München: Hanser 1962. S. 99–113. Auch München: Deutscher Taschenbuch Verlag 1965 (= dtv 291), S. 120–136
ESSLIN, MARTIN: Dürrenmatt: Merciless Observer. In: Plays and Players 10, Nr. 6, 1963, S. 15 f
HÄSLER, ALFRED A.: Gespräch zum 1. August mit Friedrich Dürrenmatt. In: «Ex libris», Zürich, 21. Jg., Heft 8, 1966, S. 9–21
SAUTER, F.: Gespräch mit Dürrenmatt. In: Sinn und Form, Berlin (Ost), 18, 1966, S. 1218–1232
JOSEPH, ARTUR: Theater unter vier Augen. Gespräche mit Prominenten. Köln / Berlin: Kiepenheuer & Witsch 1969. S. 15–26
KETELS, VIOLET: Friedrich Dürrenmatt at Temple University. Interview. In: Journal of Modern Literature, 1, 1971, S. 88–108
FRINGELI, DIETER: Nachdenken mit und über Friedrich Dürrenmatt. Breitenbach (Schweiz): Jeger-Moll 1977
BLOCH, PETER ANDRÉ: Gespräch mit Friedrich Dürrenmatt zum Thema «Bild und Gedanke» in Neuenburg, 18. Februar 1980. In: Bild und Gedanke, S. 9–20
KREUZER, FRANZ: Die Welt als Labyrinth. Gespräch mit Friedrich Dürrenmatt. In: ORF, II. Programm, 10. und 13. Juni 1982
KERR, CHARLOTTE: Porträt eines Planeten. Ein Film von und mit Friedrich Dürrenmatt. Die Welt als Labyrinth. ARD, III. Programm, 26. Dezember 1984 (Erstsendung)
RADDATZ, FRITZ J.: Ich bin der finsterste Komödienschreiber, den es gibt. Ein «Zeit»-Gespräch mit Friedrich Dürrenmatt. In: «Die Zeit», 16. August 1985

d) Übersetzungen

Werke von Friedrich Dürrenmatt wurden in folgende Sprachen übersetzt: Afrikaans, Amerikanisch, Arabisch, Bulgarisch, Chinesisch, Dänisch, Englisch, Finnisch, Flämisch, Französisch, Georgisch, Hebräisch, Isländisch, Italienisch, Japanisch, Kannaresisch, Katalonisch, Kroatisch, Niederländisch, Norwegisch, Polnisch, Portugiesisch, Rumänisch, Russisch, Schwedisch, Slowenisch, Spanisch, Thailändisch, Tschechisch, Türkisch, Ungarisch

3. Sekundärliteratur in Auswahl

a) Allgemeine Arbeiten

ANONYM: Dürrenmatt: Zum Henker. In: Der Spiegel, 8. Juli 1959, S. 43–52
ARNOLD, ARMIN: Friedrich Dürrenmatt. Berlin 1969. 3. erg. Neuaufl. 1974. 4. erg. Aufl. 1979
ARNOLD, HEINZ LUDWIG: Theater als Abbild der labyrinthischen Welt. Versuch

über den Dramatiker Dürrenmatt. In: text + kritik, Heft 50/51, 1976, S. 19– 29

BÄNZIGER, HANS: Frisch und Dürrenmatt. Bern–München 1960. 7. neubearb. Aufl. 1976

BÄNZINGER, HANS: Friedrich Dürrenmatt. Materialien und Kommentare. Tübingen 1987

BERNARDI, EUGENIO: Friedrich Dürrenmatt: dal grottesco alla drammaturgia del caso. In: Annali della Facoltà di Lingue e Letteratura Straniere di cà Foscari (Venezia), 7 (1968), S. 1–70

BROCK-SULZER, ELISABETH: Friedrich Dürrenmatt. Stationen seines Werkes. Zürich 1960. 4. erg. Aufl. Zürich 1973

COLPAERT, MARC: Friedrich Dürrenmatt. Een origineel gerecht met ideologieen. Antwerpen–Amsterdam 1976

CORY, MARK E.: Shakespeare and Dürrenmatt: from tragedy to tragicomedy. In: Comparative Literature 32, 1980, S. 253–273

DEMETZ, PETER: Friedrich Dürrenmatt. In: DEMETZ, Die süße Anarchie. Berlin 1970. S. 174–190

DURZAK, MANFRED: Dürrenmatt, Frisch, Weiss. Deutsches Drama der Gegenwart zwischen Kritik und Utopie. Stuttgart 1972

DUWE, WILHELM: Friedrich Dürrenmatts Epik. – Friedrich Dürrenmatts Dramatik. In: DUWE, Deutsche Dichtung des 20. Jahrhunderts vom Naturalismus zum Surrealismus Bd. 2. Zürich 1962. S. 190–192, 452–480

Facetten. Studien zum 60. Geburtstag Friedrich Dürrenmatts. Hg. von GERHARD P. KNAPP und GERD LABROISSE. Bern–Frankfurt a. M. – Las Vegas 1981

Friedrich Dürrenmatt I: Hg. von HEINZ LUDWIG ARNOLD. München 1976 (text + kritik 50/51)

Friedrich Dürrenmatt II: Hg. von HEINZ LUDWIG ARNOLD. München 1976 (text + kritik 56)

Friedrich Dürrenmatt, Studien zu seinem Werk. Hg. von GERHARD P. KNAPP. Heidelberg 1976 (= Poesie und Wissenschaft 33)

GERTNER, HANNES: Das Komische im Werk Friedrich Dürrenmatts. Frankfurt a. M.–Bern–New York–Nancy 1984

GONTRUM, PETER B.: Ritter, Tod und Teufel. Protagonists and antagonists in the prose works of Friedrich Dürrenmatt. In: Proceedings of the Pacific Northwest Conference on Foreign languages 15, 1964, S. 119–129 – Auch (leicht verändert) in: Seminar 1, 1965, S. 88–98

HANNEMANN, BRUNO: Der böse Blick. Zur Perspektive von Nestroys und Dürrenmatts Komödie. In: Wirkendes Wort, 1976, S. 167–183

HEISSENBÜTTEL, HELMUT: Spielregeln des Kriminalromans. In: HEISSENBÜTTEL, Über Literatur (Texte und Dokumente zur Literatur). Olten / Freiburg i. Br.: Walter 1966. S. 96–110

HERING, GERHARD F.: Der Ruf zur Leidenschaft: Improvisationen über das Theater. Köln: Kiepenheuer & Witsch 1959. S. 33–40

HEUER, FRITZ: Das Groteske als poetische Kategorie. Überlegungen zu Dürrenmatts Dramaturgie des modernen Theaters. In: Deutsche Vierteljahrsschrift für Literaturwissenschaft und Geistesgeschichte 47, 1973, S. 730–768

JENNY, URS: Friedrich Dürrenmatt. Velber 1965 (= Friedrichs Dramatiker des Welttheaters 6)

KAISER, JOACHIM: Grenzen des modernen Dramas. Vortrag, gehalten auf dem Germanistentag in Essen. In: Theater heute Nr. 12 (1964), S. 12–15

KANT, HERMANN: Der Dramatiker Friedrich Dürrenmatt. In: der bücherkarren VII, 1964

KIENZLE, SIEGFRIED: Friedrich Dürrenmatt. In: Deutsche Literatur seit 1945. Stuttgart 1968. S. 362–389 – 2. Aufl. 1971. S. 396–424

KIENZLE, SIEGFRIED: [zu Dürrenmatt] In: Deutsche Literatur der Gegenwart. Stuttgart 1976. S. 390–417

KLARMANN, ADOLF D.: Friedrich Dürrenmatt and the tragic sense of comedy. In: The Tulane Drama Review 4, 1960, Nr. 4, S. 67–104 – Auch in: Modern Drama 8, 1965, S. 237–246 – Erneut abgedruckt in: Modern Drama. Essays in criticism. Hg. von TRAVIS BOGARD und WILLIAM I. OLIVIER. New York 1964. S. 99–133

KNAPP, GERHARD P.: Friedrich Dürrenmatt. Stuttgart 1980

KNAPP, M., und KNAPP, G. P.: Recht – Gerechtigkeit – Politik. Zur Genese der Begriffe im Werk Friedrich Dürrenmatts. In: text + kritik, Heft 56, 1977, S. 23–40

KNOPF, JAN: Friedrich Dürrenmatt, 4. neubearbeitete Auflage. München 1988

KNOPF, JAN: Der Dramatiker Friedrich Dürrenmatt. Berlin 1987

KUCZYNSKI, JÜRGEN: Friedrich Dürrenmatt – Humanist. In: Neue Deutsche Literatur 12, 1964, Nr. 8, S. 59–90; Nr. 9, S. 35–55

KÜHNE, ERICH: Satire und groteske Dramatik. Über weltanschauliche und künstliche Probleme bei Dürrenmatt. In: Weimarer Beiträge, 12. Jg. 1966, Heft 4, S. 539–565

KURZ, PAUL KONRAD: Wölfe und Lämmer. Friedrich Dürrenmatts Dramaturgie der Politik. In: KURZ, Über moderne Literatur Bd. 3. Frankfurt a. M. 1971. S. 73–88

MAYER, HANS: Friedrich Dürrenmatt. In: Zeitschrift für deutsche Philologie 87, 1968, S. 482–498

NEUMANN, GERHARD [u. a.]: Dürrenmatt, Frisch, Weiss. 3 Entwürfe zum Drama der Gegenwart. Mit einem Essay von Gerhart Baumann. München 1969

PAWLOWA, NINA S.: Theater und Wirklichkeit. Über das Schaffen von Friedrich Dürrenmatt. In: Kunst und Literatur. Sowjetwissenschaft 14, 1966, S. 76–86

PROFITLICH, ULRICH: Der Zufall in den Komödien und Detektivromanen Friedrich Dürrenmatts. In: Zeitschrift für deutsche Philologie 90, 1971, S. 258–280

PROFITLICH, ULRICH: Friedrich Dürrenmatts Komödienbegriff und Komödienstruktur. Eine Einführung. Stuttgart [u. a.] 1973

SCHNABEL, ERNST: Friedrich Dürrenmatt. In: HANS JÜRGEN SCHULTZ (Hg.): Der Friede und die Unruhestifter. Herausforderungen deutschsprachiger Schriftsteller im 20. Jh. Frankfurt a. M. 1973. S. 291–304

SOTIRAKI, FLORA: Friedrich Dürrenmatt als Kritiker seiner Zeit. Frankfurt a. M.– Bern 1983

SPYCHER, PETER: Friedrich Dürrenmatt. Das erzählerische Werk. Frauenfeld– Stuttgart 1972

STRELKA, JOSEPH: Friedrich Dürrenmatt. Die Paradox-Groteske als Wirklichkeitsbewältigung. In: STRELKA, Brecht, Horváth, Dürrenmatt; Wege und Abwege des modernen Dramas. Wien 1962. S. 114–165

SYBERBERG, HANS JÜRGEN: Zum Drama Friedrich Dürrenmatts. Zwei Modellinterpretationen zur Wesensdeutung des modernen Dramas. München 1963 – Urspr. Diss. München 1962 [Behandelt: *Der Besuch der alten Dame* und *Romulus der Große*]

Der unbequeme Dürrenmatt. Mit Beiträgen von Gottfried Benn, Elisabeth Brock-

Sulzer, Fritz Buri, Reinhold Grimm, Hanns Mayer und Werner Oberle. Basel 1962 (= Theater unserer Zeit 4)

VÖLKER, KLAUS: Das Phänomen des Grotesken im neueren deutschen Drama. In: Sinn oder Unsinn? Das Groteske im modernen Drama. Fünf Essays von Martin Esslin [u. a.]. Basel 1962. S. 9–46 (= Theater unserer Zeit 3)

WEBER, EMIL: Friedrich Dürrenmatt und die Frage nach Gott. Zur theologischen Relevanz der frühen Prosa eines merkwürdigen Protestanten. Zürich 1980

WHITTON, KENNETH S.: The theatre of Friedrich Dürrenmatt. London 1980

WYRSCH, PETER: Die Dürrenmatt-Story. In: Schweizer Illustrierte Nr. 12, 18. 3. 1963, bis Nr. 17, 22. 4. 1963

b) Zu einzelnen Arbeiten
1. Zu den Dramen und Hörspielen

Es steht geschrieben

ALLEMANN, BEDA: Friedrich Dürrenmatt *Es steht geschrieben*. In: Das deutsche Drama vom Barock bis zur Gegenwart. Interpretationen. Hg. von BENNO VON WIESE. Bd. 2. Düsseldorf 1958. S. 415–432

BÖTH, WOLFGANG: Vom religiösen Drama zur politischen Komödie. Friedrich Dürrenmatts *Die Wiedertäufer* und *Es steht geschrieben*. Ein Vergleich. Frankfurt a. M.–Bern 1978

RUPPEL, KARL HEINZ: Friedrich Dürrenmatt *Es steht geschrieben*. In: Die Tat, 24. 4. 1947

Der Blinde

KUTTER, MARKUS: Zur Uraufführung des Schauspiels *Der Blinde* von Friedrich Dürrenmatt. In: Schweizer Rundschau 47, Februar 1948, S. 840–844

Romulus der Große

FRISCH, MAX: Friedrich Dürrenmatt: zu seinem neuen Stück *Romulus der Große*. In: Die Weltwoche, 5. 5. 1949

SYBERBERG, HANS JÜRGEN: Friedrich Dürrenmatt: Zum Drama Friedrich Dürrenmatts. Zwei Modellinterpretationen zur Wesensdeutung des modernen Dramas. München 1963 – Urspr. Diss. München 1962 [Behandelt: *Der Besuch der alten Dame* und *Romulus der Große*]

VIDAL, GORE: Romulus, Adaption of *Romulus the Great*. In: Esquire 57 (Januar 1962), S. 47–54

Nächtliches Gespräch mit einem verachteten Menschen

FRÖHLICH, WILLY: Musik im Hintergrund. Jiri Smutnys Kurzoper nach Dürrenmatt im Stuttgarter kleinen Haus. In: Stuttgarter Zeitung, 17. 12. 1968

WHITTON, KENNETH S.: *Afternoon conversation with an uncomfortable person*. In: New German Studies 2, 1974, S. 14–30

Die Ehe des Herrn Mississippi

KÄSTNER, ERICH: Dürrenmatts neues Stück. In: Die Weltwoche 20, 4. 4. 1952, S. 5

KAISER, JOACHIM: Friedrich Dürrenmatt: *Die Ehe des Herrn Mississippi*. In: Süddeutsche Zeitung, 9.9.1957

LOETSCHER, HUGO: Groteske der menschlichen Ohnmacht: *Die Ehe des Herrn Mississippi.* In: Programmheft des Schauspielhauses Zürich, 1956/57

LUFT, FRIEDRICH: Friedrich Dürrenmatt *Die Ehe des Herrn Mississippi.* In: LUFT, Berliner Theater 1945–1961. Hg. von HENNING RISCHBIETER. Velber 1961. S. 155–157

MARAHRENS, GERWIN: Friedrich Dürrenmatts *Die Ehe des Herrn Mississippi.* In: Friedrich Dürrenmatt. Heidelberg 1976. S. 93–124

Ein Engel kommt nach Babylon

BERNHARD, ANDRÉ: Ein wirklich groteskes Ende meiner Bühnenlaufbahn. Gespräch mit Friedrich Dürrenmatt und Rudolf Kelterborn. In: Die Weltwoche, 1.6.1977

WÄLTERLIN, OSKAR: *Ein Engel kommt nach Babylon.* In: Programmheft des Schauspielhauses Zürich, 1953/54, S. 3–6

Herkules und der Stall des Augias

BAER-RADUCANU, SEVILLA: Sinn und Bedeutung der Wiederaufnahme der antiken Thematik in Dürrenmatts: *Herkules und der Stall des Augias.* In: Analele Universiatii Bucurestii Filologie 14, S. 185–197

KAISER, JOACHIM: Dürrenmatt und Herkules scheitern in Elis. In: Süddeutsche Zeitung, 22.3.1963

PETERS, WOLFGANG A.: Herkules als Kabarettfigur. In: Frankfurter Allgemeine Zeitung, 25.5.1957

Abendstunde im Spätherbst

LIETZMANN, SABINE: Einakter am Kurfürstendamm. Schnitzler, Wedekind und ein neuer Dürrenmatt. In: Frankfurter Allgemeine Zeitung, 10.12.1959

Der Besuch der alten Dame

ARNVIG, KIRSTEN: Dialogtypen in Dürrenmatts *Der Besuch der alten Dame.* In: Text & Kontext 11, 1983, S. 291–315

BÄNZIGER, HANS: Kurze Startbahn. Schweizer Literaturbrief. In: Merkur 11, Oktober 1957, S. 991–996

BREUER, PAUL JOSEF: Friedrich Dürrenmatt (*Der Besuch der alten Dame*). In: Europäische Komödien. Hg. von KURT BRÄUTIGAM. Frankfurt a.M. 1964. S. 214–242

FRIZEN, WERNER: Friedrich Dürrenmatt, *Der Besuch der alten Dame.* Interpretation. München 1987

GOODMAN, RANDOLPH G.: Friedrich Dürrenmatt *The Visit.* In: The Drama on Stage. New York 1961. S. 378–423

HALLER, HORST: Friedrich Dürrenmatts tragische Komödie. *Der Besuch der alten Dame.* In: Deutsche Dramen. Interpretationen 2. Königstein 1981. S. 137–162

KAISER, JOACHIM: Der Tanz um die goldene Greisin. Erstaufführung im Nationaltheater: *Besuch der alten Dame,* diesmal von Gottfried von Einem. In: Süddeutsche Zeitung, 27.10.1975

LOEFFLER, MICHAEL PETER: Friedrich Dürrenmatts *Der Besuch der alten Dame* in New York. Ein Kapitel aus der Rezeptionsgeschichte der neueren Schweizer Dramatik. Basel–Stuttgart 1976

MAYER, SIGRID: *Der Besuch der alten Dame*. Frankfurt a. M. 1988

NEIS, EDGAR: Erläuterungen zu Dürrenmatts *Der Besuch der alten Dame* und *Die Physiker*. Hollfeld 1965

PUNTE, MARIA LUISA: La justicia en *la visita de la anciana dama* de Friedrich Dürrenmatt. In: Boletín de estudios germanicos 9, 1972, S. 95–112

SCHÜLER, VOLKER: Dürrenmatt. *Der Besuch der alten Dame. Der Verdacht*. Untersuchungen und Anmerkungen. Hollfeld 1975 (= Analysen und Reflexionen 16) – 2. Aufl. 1977

STUCKENSCHMIDT, H. H.: Bittere Komödie, süße Musik, Von Einem-Dürrenmatts *Besuch der alten Dame* in Wien. In: Frankfurter Allgemeine Zeitung, 25.5.1971

Die Panne

GRÖZINGER, WOLFGANG: Friedrich Dürrenmatt: *Die Panne*. In: Süddeutsche Zeitung, 15.11.1958

MAYER, HANS: *Die Panne* von Friedrich Dürrenmatt. In: MAYER, Zur deutschen Literatur der Zeit. Reinbek bei Hamburg 1967. S. 214–223

TYNAN, KENNETH: A Touch of Truth. In: New Yorker, 13.2.1960, S. 89

YAFFE, JAMES: The Deadly Game. In: LOUIS KRONENBERGER (Hg.), The Best Plays of 1959–1960. New York–Toronto 1960. S. 118–137

Der Doppelgänger

BRÜES, OTTO: Waren die beiden Morde ein Traum? Dürrenmatts Hörspiel *Der Doppelgänger* im Norddeutschen Rundfunk. In: Der Mittag, 23.12.1960

REGITZ, HARTMUT: Geschichte eines Delinquenten. Jiri Smutnys Dürrenmatt-Oper *Doppelgänger* in Gelsenkirchen. In: Stuttgarter Zeitung, 27.6.1975

Frank V.

DELLING, MANFRED: *Frank V.* oder: Brecht läßt grüßen. Von der Oper einer Privatbank zum Tele-Lustspiel: Das Erste Programm und Dürrenmatts Bühnenstück. In: Sonntagsblatt, 26.2.1967

KAISER, JOACHIM: Friedrich Dürrenmatts singende Mörder. Uraufführung von *Frank V. – Oper einer Privatbank* in Zürich. In: Süddeutsche Zeitung, 21./22.3.1959

KARASEK, HELLMUTH: Ein Stück macht Pleite, Dürrenmatt inszeniert Dürrenmatt. In: Stuttgarter Zeitung, 18.2.1967 [zur Fernsehinszenierung]

MARCUSE, LUDWIG: Die Mädchen und die Gangster. In: Die Zeit, 4.11.1960

MAYER, HANS: Komödie, Trauerspiel, deutsche Misere. In: Theater heute, Nr. 3 (1966), S. 23–26

MELCHINGER, SIEGFRIED: Dürrenmatts Gangster-Oper. *Frank V. – Oper einer Privatbank* in Zürich. In: Stuttgarter Zeitung, 21.3.1959

RISCHBIETER, HENNING: Dürrenmatts dünnstes Stück *Frank V. – Oper einer Privatbank* und die Aufführungen in Münster und Frankfurt. In: Theater heute, Nr. 3 (1960), S. 8–12

Die Physiker

ALEXANDER, N. F.: Friedrich Dürrenmatt: *Die Physiker*. Die Verantwortung des Forschers. In: Denken und Umdenken. Hg. von HEINRICH PFEIFFER. München––Zürich 1977. S. 176–193

Friedrich Dürrenmatt: *Die Physiker*. Hg. von GERHARD P. KNAPP. Frankfurt a. M. 1979 (Grundlagen und Gedanken zum Verständnis des Dramas)

KELLER, OSKAR: Friedrich Dürrenmatt. *Die Physiker*. Interpretation. München 1970 und 1988

KIM, TJA-HUAN: Paradoxe als Komik und Ernst in der Komödie *Die Pysiker* von Friedrich Dürrenmatt. In: Zeitschrift für Germanistik 6, 1967, S. 87–98

SAUREL, RENÉE: Le public, cet inconnu. II. *Les Physiciens* de F. Dürrenmatt à la Comédie de l'Est. In: Temps Modernes 20, 1964, S. 943–954

SCHÜLER, VOLKER: Dürrenmatt. *Der Richter und sein Henker. Die Physiker.* Dichterbiographie und Interpretation. Hollfeld 1974 (Analysen und Reflexionen 13) – 2. Aufl. 1976

SCHUMACHER, ERNST: Dramatik aus der Schweiz. Zu Max Frischs «Andorra» und Friedrich Dürrenmatts *Die Physiker*. In: Theater der Zeit 17, Nr. 5 (1962), S. 63–71

WENDT, ERNST: Mit dem Irrsinn leben? Anläßlich mehrerer Aufführungen von Dürrenmatts *Physikern*. In: Theater heute, Nr. 12 (1962), S. 11–15

Der Meteor

BÄNZIGER, HANS: Verzweiflung und «Auferstehungen» auf dem Totenbett. Bemerkungen zu Dürrenmatts *Meteor*. In: Literaturwissenschaft und Geistesgeschichte 54, 1980, 485–505

GASSER, MANUEL: Moritat in Weltformat. Zur Uraufführung von Friedrich Dürrenmatts *Der Meteor* am Zürcher Schauspielhaus. In: Die Weltwoche, 28. 1. 1966

JENNY, URS: Lazarus, der Fürchterliche. Urs Jenny im Gespräch mit Friedrich Dürrenmatt über dessen neue Komödie *Der Meteor*. In: Theater heute, Nr. 2 (1966), S. 10–12

KELLER, OTTO: Die totalisierte Figur. Friedrich Dürrenmatts *Meteor* als Dokument eines neuen Denkens. In: text + kritik, H. 50/51 (2. Aufl. 1980), S. 43–56

KNORR, HERBERT: Dürrenmatts Komödie *Der Meteor*. Versuch einer einheitlichen Deutung. In: Literatur für Leser, 1984, S. 97–113

MELCHINGER, SIEGFRIED: Dürrenmatts Salto Mortale. Das zehnte Stück: *Der Meteor*. In: Theater heute, Nr. 3 (1966), S. 16, 18–19

MIETH, DIETMAR: Friedrich Dürrenmatts *Der Meteor*. Zur ethischen und religiösen Relevanz der literarischen «Aussage». In: Literaturwissenschaft und Geistesgeschichte, S. 753–771

SCHUMACHER, ERNST: Der Dichter und sein Henker. Zur Premiere des *Meteor* von Dürrenmatt in Zürich. In: Sinn und Form 18, 1966 (Sonderheft), S. 769–779

SIEFKIN, H.: Dürrenmatt and Comedy: *Der Meteor*. In: Trivium 17, 1977, S. 1–16

Die Wiedertäufer

BIEDERMANN, MARIANNE: Vom Drama zur Komödie. Ein Vergleich des Dramas *Es steht geschrieben* mit der Komödie *Die Wiedertäufer*. In: text + kritik, H. 50/51, 1976, S. 73–85

BÖTH, WOLFGANG: Vom religiösen Drama zur politischen Komödie. Friedrich Dürrenmatts *Die Wiedertäufer* und *Es steht geschrieben*. Ein Vergleich. Frankfurt a. M.–Bern 1978

RÜHLE, GÜNTHER: Ein Hauptgericht mit Dürrenmatt. Nach der Uraufführung der *Wiedertäufer* in Zürich notiert. In: Frankfurter Allgemeine Zeitung, 23. 3. 1967

150

König Johann

JENNY, URS: Shakespeare, ziemlich frei. Dürrenmatts *König Johann* in Basel. In: Die Zeit, 27.9.1968

KAISER, JOACHIM: Dürrenmatt kämpft mit Shakespeare. Werner Düggelin inszeniert in Basel den *König Johann*. In: Süddeutsche Zeitung, 20.9.1968

LABROISSE, GERD M.: Zu Dürrenmatts Bearbeitung des *König Johann*. In: Revue des Langues Vivantes 38 (1972), S. 31–38

RÜHLE, GÜNTHER: Blut, was ist schon Blut? Uraufführung von Dürrenmatts *König Johann* (nach Shakespeare) am Basler Stadttheater. In: Frankfurter Allgemeine Zeitung, 20.9.1968

SUBIOTTO, A.: The «Comedy of politics». Dürrenmatts *King John*. In: Affinities 7, S. 139–153

Play Strindberg

PRITZKER, MARKUS: Strindberg und Dürrenmatt. In: Studien zur dänischen und schwedischen Literatur, 1976, S. 241–255

RÜHLE, GÜNTHER: Strindberg–schlagkräftig. In: Frankfurter Allgemeine Zeitung, 11.2.1969

SHARP, CORONA: Dürrenmatt's *Play Strindberg*. In: Modern Drama 13, 1970/71, S. 276–283

Porträt eines Planeten

HENSEL, GEORG: Die Erde – eine Chance. Zur Düsseldorfer Uraufführung von Dürrenmatts *Porträt eines Planeten*. In: Die Weltwoche, 20.11.1970

RÜEDI, PETER: Apokalyptisches Rondo. Peter Rüedi sprach mit Friedrich Dürrenmatt über *Porträt eines Planeten*. In: Zürcher Woche, 27./28.3.1971

SCHULTZ, UWE: Abschied von der Komödie. Der neue Dürrenmatt. In: Deutsche Zeitung / Christ und Welt, 20.11.1970

Titus Andronicus

MELLIN, URS H., BREMER, KLAUS, VOSS, RENATE: Die jämmerliche Tragödie von Titus Andronicus. Friedrich Dürrenmatts *Titus Andronicus*. – HOLLMANN, HANS: Titus, Titus. Ein Vergleich. In: Jahrbuch der Deutschen Shakespeare-Gesellschaft West, 1972, S. 73–98

Der Mitmacher

BAUMGART, REINHARD: Ein Kübel scharfe Limonade. *Der Mitmacher*, Dürrenmatts neuestes Stück, wurde in Zürich uraufgeführt. In: Süddeutsche Zeitung, 11.3.1973

DEERING, C.: Friedrich Dürrenmatt's *Der Mitmacher*. Old themes and new cynicism. In: Colloquia Germanica 10, 1976/77, S. 55–72

KARASEK, HELLMUTH: Theater: Dürrenmatts *Mitmacher* in Zürich. Alles Leben spurlos beseitigt. In: Die Zeit, 16.3.1973

KRÄTTLI, ANTON: Wie soll man es spielen? Mit Humor! Friedrich Dürrenmatts Selbstkommentar *Der Mitmacher – ein Komplex*. In: text + kritik, H. 56, 1977, S. 49–57

RÜHLE, GÜNTHER: Ein schwerer Fall. Dürrenmatts Komödie *Der Mitmacher*, Uraufführung in Zürich. In: Frankfurter Allgemeine Zeitung, 12.3.1973

Die Frist

ESSLIN, MARTIN: *Die Frist*, Dürrenmatt's late masterpiece. In: Play Dürrenmatt, Hg. Moshe Lazar. Malibu 1983. S. 139–153

KERNDL, RAINER: Ein Stück, mit dem es das Theater schwer hat. Rostocker Ensemble zeigt Dürrenmatts *Die Frist*. In: Neues Deutschland, 4. 10. 1979

KRÄTTLI, ANTON: Der lange Tod des Generalissimus. *Die Frist* von Friedrich Dürrenmatt. In: Schweizer Monatshefte 57 (1977), S. 606–610

PESTALOZZI, KARL: Dürrenmatts Komödie *Die Frist* – sein Abschied vom Theater. In: German Studies in India 6, 1982, S. 19–24

Achterloo

IDEN, PETER: Die Klamotte als Welttheater. In: Frankfurter Rundschau, 10. 10. 1983

TRILLING, OSSIA: Theatre in Brussels and Zurich. In: Financial Times, 12. 12. 1983

2. Zur Prosa

Weihnacht

DILLER, EDWARD: Friedrich Dürrenmatt's *Weihnacht*. A Short, Short, Revealing Story. In: Studies in Short Fiction 3 (1966), S. 138–140

Pilatus

BARK, JOACHIM: Dürrenmatts *Pilatus* und das Etikett des christlichen Dichters. In: Friedrich Dürrenmatt. Heidelberg 1976. S. 53–68

Die Stadt

WEBER, WERNER: Dichter oder Kritiker? Zur Prosa von Friedrich Dürrenmatt. In: Neue Zürcher Zeitung, 6. 12. 1952

Der Tunnel

BASCHUNG, URS J.: Zu Friedrich Dürrenmatts *Der Tunnel*. In: Schweizer Rundschau 68, 1969, S. 480–490

KIM, WHANG CHIN: *Der Tunnel* von Friedrich Dürrenmatt. Versuch einer Interpretation. In: Zeitschrift für Germanistik (London), 8 (1969), S. 82–105

Der Richter und sein Henker

HIENGER, JÖRG: Lektüre als Spiel und Deutung. Zum Beispiel: Friedrich Dürrenmatts Detektivroman *Der Richter und sein Henker*. In: Unterhaltungsliteratur 1976, S. 55–81

KNAPP, GERHARD P.: Friedrich Dürrenmatt: *Der Richter und sein Henker*. Frankfurt a. M.–Berlin–München 1983

SCHÜLER, VOLKER: Dürrenmatt. *Der Richter und sein Henker. Die Physiker*. Dichterbiographie und Interpretation. Hollfeld 1974 (= Analysen und Reflexionen 13) – 2. Aufl. 1976

SEIFERT, WALTER: Frisch und Dürrenmatt, *Der Richter und sein Henker*. Zur Analyse und Didaktik des Kriminalromans. Interpretation. München 1975

Der Verdacht

FORSTER, LEONHARD (Hg.): Introduction. In: Friedrich Dürrenmatt, *Der Verdacht*. London 1965. S. 11–24

Gillis, William (Hg.): Introduction. In: Friedrich Dürrenmatt, *Der Verdacht*. Boston 1964. S. V–X

Schüler, Volker: Dürrenmatt. *Der Besuch der alten Dame. Der Verdacht*. Untersuchungen und Anmerkungen. Hollfeld 1975 (= Analysen und Reflexionen 16) – 2. Aufl. 1977

Grieche sucht Griechin

Horst, Karl August: Humoristische Brechung und Trickmechanik. In: Merkur 10 (1956), S. 818–821

Nusser, Peter: *Grieche sucht Griechin* – Dürrenmatts didaktisches Spiel mit dem trivialen Frauenroman. Ein Beitrag zur Überwindung von Literaturbarrieren. In: Wirkendes Wort 33, 1983, S. 41–52

Das Versprechen

Bellow, Saul: The Ordeal of Inspector Matthei. In: Saturday Review, 28. 3. 1959, S. 20, 32

Heilamr, Robert B.: The Lure of the Demonic: James and Dürrenmatt. In: Comparative Literature 13, Nr. 4 (Herbst 1961), S. 346–357

Hempel, Johannes: *Das Versprechen*: Beobachtungen zu Friedrich Dürrenmatts Erzählung. In: Zeichen der Zeit 19 (1965), S. 313–319

Ramsey, Roger: Parody and Mystery in Dürrenmatt's *The Pledge*. In: Modern Fiction Studies 17 (1971/72), S. 525–532

Vidal, Gore: In the shadow of the scales. In: The Reporter, 30. 4. 1959, S. 40–41

Der Sturz

Bondy, François: Gute Hirten – untereinander. Dürrenmatt: Vom *Monstervortrag* zum Exempel *Der Sturz*. In: Die Weltwoche, 27. 8. 1971

Graf, Hansjörg: Schach dem Diktator. Eine Geschichte von Friedrich Dürrenmatt. In: Frankfurter Allgemeine Zeitung, 5. 9. 1973

Stoffe I–III

Butler, Michael: In the Labyrinth. In: The Times Literary Supplement, 29. 10. 1982

Hinck, Walter: Ein Bewohner des Labyrinths. In: Frankfurter Allgemeine Zeitung, 19. 9. 1981

Knopf, Jan: Die Stoffe des Gedankenschlossers. In: Badische Neueste Nachrichten, 23. 12. 1981

Krättli, Anton: Die Welt als Labyrinth. In: Schweizer Monatshefte 11, 1981

Obermüller, Klara: Dürrenmatts Unvollendete. *Stoffe*. Von der Außerordentlichkeit, einen Nachlaß zu Lebzeiten zu schreiben. In: Die Weltwoche, 4. 11. 1981

Stumm, Reinhardt: Der Riese vom Berge. In: Die Zeit, 4. 12. 1981

Minotaurus

Altwegg, Jürg: Das Monstrum als Symbol der Vereinzelung. In: Bücherpick 2, 1985

Hinck, Walter: *Minotaurus*. In: Frankfurter Allgemeine Zeitung, 25. 5. 1985

153

3. Zu den theoretischen Schriften

AMÉRY, JEAN: Friedrich Dürrenmatts politisches Engagement. Anmerkungen zum Israel-Essay *Zusammenhänge*. In: text + kritik, Heft 56, 1977. S. 41–48

KESTING, MARIANNE: Wie unbequem ist Dürrenmatt? Zu seinem Vortrag über Politik und Gerechtigkeit. In: Frankfurter Allgemeine Zeitung, 25.4.1970

MAYER, HANS: Die Zukunft ist immer utopisch. *Zusammenhänge – Essay über Israel*. In: Die Zeit, 9.4.1976

REICH-RANICKI, MARCEL: Verbeugung vor einem Raubtier: *Die Theaterschriften und Reden* Friedrich Dürrenmatts. In: Die Zeit, 28.10.1966

Namenregister

155

Über den Autor

Heinrich Goertz wurde 1911 in Duisburg geboren. 1932 erste Veröffentlichung im «Querschnitt». Ab 1938 freier Mitarbeiter des Feuilletons der «Kölnischen Zeitung» und anderer Blätter. 1942 Veröffentlichung des Romans «Johannes Geisterseher» mit 70 eigenen Zeichnungen. Nach Kriegsende Dramaturg und Regisseur an Ost-Berliner Theatern.

1965/66 Chefdramaturg des West-Berliner Theaters der Freien Volksbühne, Intendant Erwin Piscator. 1967 bis 1970 Chefdramaturg des Staatsschauspiels Hannover. Schrieb Stücke, Erzählungen, die Hörspiele «Jack the Ripper» und «Mord in der Joachimstaler», die Rowohlt-Monographien «Erwin Piscator», «Hieronymus Bosch» und «Gustaf Gründgens». Im Herbst 1982 erschien der autobiographische Roman «Lachen und Heulen».

Quellennachweis der Abbildungen

Ullstein-Bilderdienst, Berlin: 6, 19, 33, 60, 64, 67, 73, 104, 116
Aus: Friedrich Dürrenmatt, Bilder und Zeichnungen, Zürich 1978: 8,
   40, 43, 46, 79, 82/83, 100/101, 106/107, 112, 117
Walter Studer: 12, 13, 14
Keystone: 20, 28, 53, 62, 93
Aus: Elisabeth Brock-Sulzer, Friedrich Dürrenmatt, Stationen seines
   Werkes, Zürich 1960: 22, 23, 55, 70
Schauspielhaus Zürich: 26, 72
René Haury: 31, 50, 80, 81, 88, 89, 90
Aus: Friedrich Dürrenmatt, Die Heimat im Plakat, Zürich 1963: 38
Ringier-Dokumentenzentrum, Zürich: 48, 118/119, 129
Foto Steinmetz: 51
Rosemarie Clausen: 57
Comet, Zürich: 74, 86
Hans Gross: 97
Peter Schnetz: 96
Leonard Zubler: 110, 113
Privatarchiv Friedrich Dürrenmatt: 17, 66
RDZ-Kappeler: 122
Andrej Reiser: 125

C 2058/7

rowohlts bildmonographien

Thema Literatur